イタリアの引き出し

内田洋子

朝日文庫

本書は二〇一三年六月、阪急コミュニケーションズ（現ＣＣＣメディアハウス）より刊行されたものに加筆修正しました。

気づけたことは、なんとも皮肉なことでやるせない。ただ、忌《い》まわしい結果になりながらも、そんな風に思えたことは、寛子自身の強さを感じさせた。人はその心の底で、本人さえも気づけていないなにかを抱え、育んでいる。それは貴衣子にもある。

「重い罪に問われなければいいと、心から思います」

机の上の電話をきちんと元の位置に戻し、受話器の上に手を置いたまま、里志が呟く。

警察官となってからは、法に従い、遵守し、罪に対し厳正に対処するのが責務と考えた。認知症の老人が人の郵便受けを漁るのを見逃したりせず、処罰すべきではと貴衣子に意見を述べた。その里志が、寛子の量刑を気にしている。

「たぶん、お父さんとそんなに永く離れることにはならないと思う」

里志が電話から手を離し、「そうですよね」と安堵したように肩で息を吐く。そして、

「交番勤務でも、色々あるんですね」といった。

その口調があまりにもしみじみしたものだったので思わず噴き出す。元はといえば里志が雫と関わり、そのことを隠そうとしたことに始まったのだ、といっても仕方がないのでいわない。けれど、黙ったままの貴衣子の様子から、言葉足らずと思ったのか、すみません、と小さく頭を振った。

「どういっていいのか、その、うまくいえないんですけど、今度の事件、僕は凄《すご》いことば

かりだったと思いました」

「凄い？」

その言葉の意味を考え、胸のなかで苦笑する。赴任してまだ一年にもならないで、これだけの事件に遭遇した。凄いのひと言で済ませられるものだろうかとも思うが、まだ二十三歳の里志には精一杯の感想なのだろう。この凄い、という言葉には案外、深く大きな意味が含まれているのかもしれない。

貴衣子にしても、これほどの事件に直接関わったのは初めてのことだった。しかも、身近でいつも見かけていた人が罪を犯すという、哀しい現実を目にすることになった。正直いえば辛い。そして情けない。側で見ていながら、助けることができなかったのだという後悔と慙愧《ざんき》の念だけが胸に残る。警察官は常に平常心でいなくてはいけない、特定の人間に感情移入していては仕事にならないといわれるが、そう簡単に割り切れるものではない。警官も人だ。

里志も別の意味で、辛い思いをした。

「雫のことはショックでしたし、そのことで僕に疑いがかかったのは辛かったけど、青野や国井のような犯罪者が摘発され、その一方で、さっきの佐久間さんのような犯罪者も捕まった。想像もできないようなことばかりでした。アジアンアパートの人達のこともそうです」

「ナディートら？」

「はい。僕は偏見を持っていました。外国人というだけで、貧しいというだけで、アパートの部屋に何人もぎゅうぎゅう詰めで暮らしているというだけで、注意すべき人達だと。連続ひったくり犯も、もしかしたら彼らのなかの誰かではと、一度ならず考えました」

「そう」

「でも、佐久間さんは、むしろそんなナディートらだからこそ心打ち解け、寂しい暮らしのなかに安らぎを見いだせたんですよね。ナディートもまた、佐久間さんを困った立場から救ってあげたいと思えるほど、大切な人だと思うようになっていた。日本人とかタイ人とかそういうことと関係なく」

「そうかもしれないわね。それで、そういうあなた自身はどうなの？」

「え」

里志の薄い虹彩が大きく広がったように見えた。すぐに目を伏せ、なにかを呑み下しているかのように喉を上下させた。貴衣子はヘルメットを被り、顎ベルトを留める。

「あなたが佐久間寛子さんにした質問の答えは、ちゃんと手に入れられたの？　あなたの気持ちは腑に落ちたの？」

里志はいいよどむ。貴衣子は黙って待った。

「本当をいえば、よく、わかりません」

里志は首を傾けたまま、ゆっくりと息を吐き出す。「僕はずっと、自分は人となにかが違うのだと感じていました。それをどうすればいいのか、よくわからなかった。僕は、佐久間さんが、父親を放り出すことになるかもしれないのに、他人であるナディートらのために自首したことが不思議でした。それでつい」

「うん、だから訊いてみたのよね。そして佐久間さんと外国人留学生らの繋がりを知った。どうだった?」

里志は眉根を寄せる。「そのことに感動する気持ちはありました。でも、野良猫の世話をしたことがきっかけで親しくなったという、たったそれくらいのことで、どうして他人同士がお互いをそこまで思えるのか、正直、わかりません。本当の親子ですら、思い合い、信じ合うことができないこともあるのに」

里志は、神経質に目尻を痙攣させる。

他人同士という言葉を聞いて思わず貴衣子は、「でも宮前雫さんは」と口にした。

里志ははっと目を見開く。

「前にも訊いたわよね。あなたにとって宮前雫さんはなに? 他人同士よね。それでもあなたは彼女のために、ときに我を忘れるほど懸命になった。その気持ちと佐久間さんとナディートらとのあいだにあるものと、なにか違うのかしら」

「それは」と呟いて、青年は子どものような困惑顔を浮かべた。深く思いを巡らしているのか頭を揺らす。そして、助けを求めるような無防備な顔を貴衣子に向けた。

「本当は彼女と繋がっていると信じていたのじゃないの？　そうなりたいと思っていたのじゃないの？」

白い肌が赤く染まってゆく。羞恥というよりは、高揚しているように見えた。

この二十代の若者がその成長過程で得られなかったものの大きさを改めて知り、そして、これから得てゆくことの可能性のあることを思った。

「これからゆっくり考えてゆけばいい」

里志は二、三度瞬きをすると顎を上下させ、はい、と返事をした。

「これからも、まだまだ色んなことがある。今、あなたがいったような凄いこと、警察にいればたくさん起きるわ。今回のこと以上に凄いことだって」

笑いを含んだ貴衣子の声に、里志は戸惑うように見返す。

「そうなんですか。そう、ですね」

貴衣子の視線を受けてぽつりと呟く。「警察なんだから当然ですよね。そういう仕事を僕は選んだんですよね」

「ええ、澤田巡査が自分で選んだ」

里志は、一旦口を引き結び、拳で目をひと擦りしたあと、「僕、この仕事、続けていけるでしょうか」と、また幼い表情を浮き上がらせていう。

「さあ、どうかしら」と貴衣子は正直に告げる。

宇口係長は、里志を貴衣子に託すとき、まだ若い、成長できるといった。地域の係長として多くの新米警官を見てきた人の言葉だ。不安そうな顔をする里志にいう。

「今は、続けられるかどうかを考えるよりも、やってみる、の段階じゃない？　とにかくやってみて、そしてまた振り返って、自分の選択の正誤を確かめてみれば？　そのとき判断がつかなかったなら、また続けてみる、そしてまた振り返る。そうやっていけば、いつかあなたの望む答えが見つかるかもしれないし」見つからないかもしれない、といって肩をすくめて見せた。

「そう、ですか」

「ただ、ね」貴衣子は里志の目を覗き見る。「ただ、自分で選んだという事実は、あらゆる場面であなた自身の指針になると思う。迷ったとき、どうしてこの仕事を選んだのか、選んだときの自分に立ち戻ることで正しい方角を見つけられる」

里志は力強く頷く。

「浦主任、僕は、警察官として働きます。この普通とは違う仕事を選んだこと、決して間違っていなかったと思えるように懸命に勤めます」と珍しくいい切るその口元には、笑みらしきものも浮かんでいた。

そして、すっかり安心できたのか、「浦主任は、地域課を選んだことを間違っていなかったと思っているんですか」と、遠慮なく訊いてくる。

「え？」

「村松主任が、浦主任は捜査部門にいた方がいいんだがな、といってました」

今度は貴衣子が大きく首を傾げる。

地域の仕事を選んだことには、貴衣子なりの自分勝手で不純な動機があった。だからといって、禊《みそぎ》を済ませたら元に戻ろうという安易な考え方をしたつもりもない。それでも里志に、間違っていなかったのかと問われると、否定も肯定もする言葉がないことに改めて気づく。

「どうだろう」貴衣子はゆっくり室内を見渡し、言葉を続けた。「ひとつ思うことは、地域だとか、刑事や警備だとかにそれほどの違いも隔てもないのじゃないかってこと」

「どういうことですか？」里志がヘルメットの顎ベルトを留めながら、顔を向ける。

「今回の事件でわたしも気づかされた。そういう意味では、あなたと同じ凄いことだった」

「なにに気づかされたんですか」といったあと、あ、という口で、「訊いていいことでしたか」と申し訳なさそうに目を伏せる。貴衣子はそれを見て、微笑みながらいった。

「ここのこと」

「ここ、ですか？」

「そう。この僅か三×四メートルの小さな箱、交番というものが、どうあるべきなのか、改めて、いえ、ようやく気づかされた」

里志が手を止めて、言葉を待つ。

「普段はここに交番があることも気づかないで通り過ぎてゆく、そんな程度の場所でいい。でも、なにかあったときは、この小さな箱を目指して来て欲しい」

佐久間寛子はこの箱のなかで、自分がしたことを告白し、胸の内を吐露したことを生涯忘れないだろう。犯した罪に恐れおののきながら、それでも自分で決めて、ここを目指して真っすぐ歩いてきたことを覚え続けるのだ。

ジャカルタから来たアウラは、見知らぬ国で歳の離れた夫との生活を始めた。悩み、戸惑いながら送る日々のなかで、交番の前を通るときに勤務員に声をかけることを覚え、親しんでくれた。

老人が徘徊している、放ってはおけないからと来た道を知らせに戻ってくる人がいる。獣がうろついて困るけど、どこに頼んでいいかわからないからと相談に来る人がいる。

一日中、誰も来ない日もある。

馴染んだ町の道路沿い、交差点の角にある小さな四角い建物。昼は戸口を開け放ち、夜は灯りをずっと点けたままで、遠くからでもわかるように赤くて丸いランプをぶら下げている。

警察が関与することに一般人は距離を置き、それこそ縁のないものであってくれと願う。それでも、万が一のときは、ここに来てすがって欲しい。

災厄に追われた人々が、この〝匣《はこ》〟のなかに逃げ込んで、ちゃんとこれからの〝希望〟を手にできるように。再び、平穏や安寧を取り戻すことができるように。

我々、交番勤務員はそのときのために、ここで待機している。

貴衣子や里志だけではない。警察官という警察官はみな、生涯必ず一度は、この交番勤務に就く。そしてこの小さな箱のなかから人々を見つめ、手を差し伸べ、役に立とうと努める。その経験をして、様々な専門の仕事に従事するのだ。

ここから始まる。

地域の課長や係長らは、学校から送られてくる新米警官を受け入れ、辛抱強く育てる。ここがそういう意味のある場所と知っているからだ。

「ねえ、あのボールペン、もらえない？」

「え？　ボールペンですか？」

貴衣子は机を指差す。里志は戸惑いながらも、引き出しを開けてキャラクターのペンを取り出し、手渡した。

「これで試験勉強すれば、うまくいくかもしれないわね」

「はい？」

貴衣子はにっこり笑い、ペンを胸ポケットに差した。

「お待たせー」

当務員の二人が戻ってきた。手にそれぞれレジ袋を抱えている。

「商店街の惣菜屋にこれしか残っていなかった」と主任が残念そうにいう。若い巡査が、

「主任は、わざわざ向こうのスーパーまで行きますもんね。あそこのがうまいっていって」

と笑う。

「そうなんだよな。スーパーの惣菜の味の方が俺には合っているんだ。なんともいえずうまいんだよな、あそこのは。今日は、まあ仕方ない」

た。

「そうでしたか。じゃ、主任、お先に」

「ああ、ご苦労さん」

貴衣子と里志は揃って挙手の敬礼をした。当務員が奥の部屋に入るのを見て、交番を出た。

夜は濃さを増し、信号や看板の灯りが強く瞬く。

二人揃ってバイクを出し、またがってエンジンを掛けた。

「じゃ、戻りましょうか」

「はい、主任」

左右を確認して道路に出る。

黒いスーパーカブが二台連なって、真っすぐな道を走り出した。少し行くと赤信号にかかった。サイドミラーを見ると、里志が振り返っている姿が映っている。貴衣子も首を回して、里志の見つめる先へ視線を送った。

交差点の角に、箱を二つ重ねたような建物が見える。それは小さく愛想のないものだったが、締めつけてくるような夜の闇のなかで、煌々《こうこう》と光を放ち続けていた。

エピローグ

十二月某日。公休日の午後。

廊下を歩いていると、ふいに子どもが窓に取りついて雪だと騒ぎ始めた。

里志も近づいて外を覗くと、確かに白いものが舞っている。今日、浦主任は同期とゴルフに行く予定だといっていたから、今ごろ寒さに震えながら空を睨んでいることだろう。

里志は窓から離れ、ナースステーションで教えてもらった部屋番号を探して歩いた。見つけて軽くノックする。返事を聞いて、そっとクリーム色のスライドドアを引いた。個室のせいか、息を吸い込む音が聞こえそうなほど静かだ。簡単な挨拶と一緒に見舞いの果物籠を渡し、付き添っていた母親が出て行くのを見送った。

ベッドに近づくと、雫がアーモンド形の目を向けてきた。右目がまだ少し赤い。顔のあちこちに絆創膏があり、腕にも包帯が巻かれているが、点滴もベッドサイドモニターも外されていた。

里志が目を合わせると、弱々しく笑いかけてきた。声を出したのは雫の方が先だった。

「来てくれたんだ」

「うん。遅くなってゴメン」

うううん、と小さく首を振り、「里志さんが、見つけてくれたんだってね。お母さんから聞いた」と目を細めた。

「偶然なんだ。別の仕事で行ったらそこに」

「それでも、ありがとう」

雫は視線を天井に向けて、薄い胸をゆっくり上下させた。

「里志さんが助けてくれたって聞いたとき、嬉しかった。あたし、あたしね、里志さんを好きになれば良かったって思ったよ」と笑みを作った。

黙っている里志の顔を見て、悪いことをいったのだと気づき、徐々に顔を歪めていった。顔の絆創膏が捩《ねじ》れ、目に涙が満ちてゆく。

「ごめんなさい。あたし、こういうとこがダメなんだよね。酷いこと平気でいっちゃう。イタイ人だよね」と瞬きした拍子に、涙がこぼれ落ちた。

「いや」

「こんなんだから人と関わるのが怖くてしようがなかった。余計なことといってまた傷つけちゃうんじゃないかなぁって、そう思ったらなんもいえなくて」

自分を傷めるほど、考え過ぎてしまうということなら、イタイという言葉も正解かもしれない。床頭台《しょうとうだい》にあったティッシュの箱を差し出した。

「わかるよ。気を遣ったり、遣われることの加減がわかんなくなるんだよな。そのうち段々、面倒臭くなる」

雫はティッシュで涙を拭い、洟《はな》をかんだ。「うん。里志さんもそう？　それでねあたし、宮前雫ってのはいい加減で、悪いことも平気でできるヤツだと思われようとした。だって、そうすれば無視されるか、バカにされるかどっちかだし、だったらこっちも気を遣わなくていいし」

「それで青野の仕事を」

いってしまってから里志は唇を噛んだ。そんな話をするつもりはなかったのに。雫は一瞬、小さな黒目を揺らしたが、すぐに口角を持ち上げ頷いた。

「うん。ネットで見つけて。お金もくれるし、寝るとこも貸してもらえたから。でも、あたしじゃイマイチだっていわれて、誰か友だち連れてきてっていわれてからは、スカウトする方になったけど」

「雫」

「うん？」

「雫のしたことは良くないことだった。どんな理由があったとしても、たとえ誰も傷つけなかったとしても、許されることじゃないんだ。それだけはちゃんとわかっていて欲しい」

雫ははっとした表情を浮かべ、黙ってこくりと頷いた。

「警察はなんていってた？」

里志の問いに、おずおずという風に答える。「えっと、今回は児童相談所への書類送致になるだろうっていわれた。よく考えて、元気になってやり直しなさいって」

「そっか」

「里志さん」

「なに？」

「あたし、やり直せるかな」

「うん。僕も手伝うよ、きっと力になる」

ありがとう、と雫は目をぱちぱちさせながらいう。「里志さん、なんか変わった。前は、そういうことという人じゃなかったよね。もっとクールっていうか、人と距離を置いているっていうか。あたしと似ていて、一緒にいるのが楽だった」

「そうだね。だけど」と呟いたきり、里志は黙った。雫はそんな里志をしばらく見つめたあと、深く息を吸って口を開いた。

「あたし、誰とも親しくならなくていい、触れ合いなんかいらないって思ってた。ちっとも淋《さみ》しくなんかないって。でもさ、でもね、あの国井葉介に声かけられて、優しくされて、なにいっても大丈夫、雫はいい子だから大丈夫っていわれたら、そうしたら」

雫は天井へと顔を向け、そのまま目を瞑る。「なんか体のなかから、ズルズルってイヤなものが流れ出て、気持ちがフワッと軽くなった気がしたんだ。この人の前でなら、なんも気にしなくていいんだって、余計なこと考えなくていいんだって。そう思ったら、凄く楽になった」

「そう」

「あたしに合う人だと勘違いして——マジ、バカだよね」

そうか、と里志は小さなしこりが氷解するのを感じた。雫とは深い繋がりを持たないと頭で割り切っていながら、気持ちはずっと寄り添いたいと欲していた。雫も同じだったのだ。ただ、それが雫にとっては国井葉介だったということなのだ。

「ううん。僕だって、勘違いしていた」思わず声の調子に力が入った。

「え。なにを？　あたしのこと？」

戸惑うように目の奥が揺れ、不安の色に染まる。

「そうじゃない」と里志は慌てて首を振り、「僕も、自分は平気なんだと思っていた。独りで大丈夫なんだと、その方が楽なんだと、そう思い込むことでやっていけると勘違いしていた。本当は人とちゃんと、繋がっていたかったのかもしれない」と俯いた。

雫はなにも答えず、里志も黙っている。病室は温かく、心地よい静寂が落ちた。

「あ、里志さん、雪だよ」白い手をひらひら揺らして窓の方へと誘《いざな》う。

「うん」と里志も外を見る。「少し前から降り出した。積もらないと思うけど」

「寒そう」

「寒いよ」

「ねえ」といって雫が首を回し、里志の目を見つめた。「里志さん、仕事、続けてるの？」

「え」

「お巡りさん」

「ああ、うん。やってるよ」

「今度、交番に行ってみていい？」

「ああ、いいよ。もちろん」

交番はいつでも、誰でも来ていいところだからというと、雫は、ホント？　と目を丸めた。

「僕の上司で、ペアを組む人がいるんだ。女の人。大概一緒だから、会うと思うけど」

「へぇ、女のお巡りさん？　どんな人？　怖い？」

「うーん。そうだなあ、ちょっと、いや、割と怖いかな」と口をへの字に曲げた。

そんな里志の顔を見て雫が、あははっ、と弾けたような笑い声を上げた。

「でもきっと、雫に会ったら喜んでくれると思う」

そういうと雫は、うんうんと何度も頷き、やがてシーツを引き上げ、顔を覆って絞り出すようにして泣き始めた。里志はティッシュの箱を膝に抱えたまま、雪の様子を窺いながら静かに待っていた。

解説

細谷正充《ほそやまさみつ》
（文芸評論家）

松嶋智左の作品を〝匣《はこ》〟に収めてみる。現在のところ、その多くは警察小説だ。だから作者を「警察小説の人」ということが可能であろう。しかし、ジャンルで括《くく》ってしまうと、零《こぼ》れてしまう魅力がある。そう、松嶋作品は、警察小説ファンだけでなく、広くミステリーの好きな読者にアピールする面白さを持っているのだ。それが事実であることを、すでに本書を読んだ人になら納得してもらえるはずである。

松嶋智左は、一九六一年生まれ。元警察官で、日本初の女性白バイ隊員でもある。周知の事実だが白バイ隊員は、バイクに対する並々ならぬ技量が求められる。それをクリアし、女性白バイ隊員の道を切り拓いたことは、大きく称揚されるべきだろう。

しかし作者は警察を退職し、小説の執筆を始める。二〇〇五年、松嶋ちえ名義で応募した「あははの辻」が、第三十九回北日本文学賞を、翌〇六年には、やはり松嶋ちえ名義の「眠れぬ川」で、第二十二回織田作之助賞を受賞した。そして二〇一七年、松嶋智左名義で応募した「魔手」で、第十回島田荘司選ばらのまち福山ミステリー文学新人賞を受賞。翌一八年五月、タイトルを『虚《うつろ》の聖域　梓凪子《あずさなぎこ》の調査報告書』と改題し、講談社から単行本で刊行された。その単行本に付された、選者の島田荘司の選評の書き出しを見てみよう。

「女性ハードボイルドの収穫と評価すべき佳作。巧みな文章、的確な表現語彙の選択、ユーモアや皮肉表現の安定と達者ぶり、ストーリー進行上に配された喜怒哀楽の巧みなバランス、傷もなく、大きな不満も感じず、怒りと暴力表現も必然的で、着地まで一気に読むことができた」

選評から分かるように、この作品はハードボイルドであった。主人公の梓凪子は、訳あって警察を辞め、今は小さな興信所で働いている。そんな彼女が、犬猿の仲である長姉から調査を依頼された。姉の息子で中学生の輝也が自殺したが、実は誰かに殺されたというのだ。しぶしぶ調査を始めた凪子は、輝也が学校で苛められていたことを知る。

といったストーリーの流れはハードボイルドの定番だが、探偵側にドメスティックな要素が盛り込まれている点が興味深い。姉が十代のときに母親が死亡。父親は仕事に専念するしかなく、必然的に姉が母親役を務めた。しかし末っ子の凪子は姉に反発し、それが現在の愛憎に満ちた関係に繋がっている。姉の性格はきついが、凪子も意固地なところがある。二人は顔を合わせれば口喧嘩になり、当たり前に手も出るのだ。終盤で明らかになる意外な事実に驚き、二人の関係性が物語に独自のテイストを加える。個人的には、ハードボイルドの巨匠、ロス・マクドナルドを想起してしまい、凄いハードボイルドの書き手が現れたと思ったものだ。

ところが二〇一九年の第二長篇『貌のない貌　梓凪子の調査報告書』は、凪子が刑事課強行・窃盗係所属の新人刑事時代の事件が扱われている。主人公はデビュー作と同じだが、ハードボイルドから警察小説になったのだ。

そして二〇二一年四月、光文社より書き下ろしで、本書『匣《はこ》の人』を刊行。これも警察小説である。さらにその後、文庫書き下ろしで刊行した『女副署長』が話題となり、シリーズ化した。以上のような流れで作者は、警察小説の人になっていったのである。

ただし『女副署長』で〝広義の密室〟を扱っていたり、シリーズ第二弾となる『女副署長　緊急配備』で、あるトリックを土地柄と組み合わせて使用したりと、本格ミステリー・ファンも満足できる内容になっているのだ。もともと警察小説はミステリーの一ジャンルなのだから、ミステリーの面白さがあるのは当然だ。しかし松嶋作品は、その中でもトリックやサプライズへの、こだわりの強さを感じさせるのである。もちろん本書も同様だ。

物語の主人公は、羽鳥西警察署の警察官・浦貴衣子巡査部長。かつて刑事課に所属していたが、ある出来事により地域課第2係に異動し、今は栗谷交番を担当している。いわゆる、交番のお巡りさんだ。そんな貴衣子とペアを組むのが、警察官になったばかりの澤田里志巡査である。だが里志は、自分の歓迎会を欠席した。警察学校時代にも、問題視される行動があったらしい。緑が丘交番に配属された里志だが、ペアとなった地域課のベテランの「口が臭い」といい、配置換えを願い出た。その結果、栗谷交番に移り、貴衣子とペアになったのである。仕事はきっちりやるが、人と感覚のズレた里志に、貴衣子は呆れたり怒りを抱いたりする。

そんなある日のことだ。前日のバイク男によるひったくり事件を気にかけながら、徘徊老人の保護や、交通事故の対応をしていた貴衣子と里志。顔なじみの郵便配達員から、別荘みたいな大きな屋敷の様子がおかしいと聞く。青野企画という会社の保養所だ。居宅訪問をした二人は、そこでアジア圏か中近東辺りの出身らしき男の死体を発見。他殺である。刑事たちに事情を話した二人は、通常の仕事に戻った。だが、なぜか里志が屋敷に行きたがる。疑問を抱きながら里志と共に屋敷に行った貴衣子は、彼が事件の情報を持っていることに気づくのだった。

本書でまず感心したのが、ストーリーの組み立ての巧さである。里志の不審な言動によって読者の興味を強く惹きつけながら、貴衣子の行動によって次々と意外な事実を明らかにしていく。格闘ゲームの連続コンボとでもいえばいいのか。適度なタイミングでサプライズを読者にぶつけることにより、どんどん驚きが高まっていくのである。ひったくり事件や徘徊老人など、殺人事件と無関係に見えた事件の使い方も素晴らしい。同時に、段階を追って意外な事実を明らかにすることにより、複雑な事件の全体像が、すんなりと読者の頭の中に入ってくるようにもなっている。謎とその解明を堪能するという、ミステリーの本質的な魅力が存分に楽しめるのである。

また、貴衣子と里志のキャラクターも見逃せない。四十三歳の貴衣子は有能だが、交番勤務の警察官である。本来なら交番勤務の警察官が、いかに第一発見者とはいえ、殺人事件の捜査にかかわることはない。そこを作者は、元刑事課の刑事という設定を活用し、彼女に情報を与えるのだ。さらに貴衣子は、里志を見放すことはない。捜査本部が里志を疑っていると思いながら、ペアである彼の側に立ち続けるのだ。そして身も心も警察官である貴衣子が、一連の事件を通じて、あらためて自分の職業の意味と意義を確認する場面に感動せずにはいられないのである。

一方の里志だが、最初はどうにも捉えどころがない。しかし彼の生い立ちが分かると、人への関心の薄さや、事件へのこだわりの理由が納得できる。だから最後の成長した姿に、嬉しくなってしまうのだ。この二人を中心に、さまざまな警察官の肖像が描かれている。なお私のお気に入りは、何かというと貴衣子に昇任試験を促す、警務課教養係長の安西芙美警部補だ。最初は嫌な奴に見えるのだが、意外と融通が利き、昇任試験を促すことにも確固たる信念があることが判明する。キャラクターの印象を変化させていく手練は、すでにベテラン作家のものである。

さて、本書の刊行に合わせ、「小説宝石」二〇二一年五月号に掲載されたエッセイで作者は、

「『亘の人』は、犯人捜しのミステリーを縦糸に、警察官も一人の人間である現実を横糸にして編み込むように書きました。警察官にも悩みや秘密があり、失敗もすれば、落ち込むこともあります。人として弱い部分も持っています。ただ、その弱さを、命と治安を守る、という使命感で撥《は》ねのけるのです。そんな姿を貴衣子と里志の二人を通して感じていただければ嬉《うれ》しいです」

といっている。いろいろ書いてきたが、この作者の言葉に、本書の読みどころが凝縮されている。本書は、ミステリーの面白さを盛りだくさんにした、警察小説の収穫なのだ。

ところで本書のタイトルには、なぜ〝匣〟が使われているのだろう。交番のことを〝箱（ハコ）〟と呼ぶことは、泰三子のヒット漫画『ハコヅメ　交番女子の逆襲』及び、それを原作にしたテレビドラマでご存じの人も多いはずだ。本書の中でも表記は〝箱〟になっている。それなのに作者はなぜタイトルに、あえて〝匣〟をつかったのか。

もしかしたら、コアなミステリー・ファンから絶大な支持を受けている、竹本健治の『匣の中の失楽』を意識したのかと思った。京極夏彦の『魍魎の匣』や、トマス・チャスティンの『パンドラの匣』の可能性もありか。そうでなければ、わざわざ〝匣〟という漢字を使わないだろうと確信した。だが、どうやら違ったようだ。再び先のエッセイからの引用になるが、

「タイトルにある『匣』という漢字は、作品のなかでは一度しか使っていません。その文字の出てくる箇所にあるのが、交番のお巡りさんの覚悟であり、心意気じゃないかなと考えます」

といっているではないか。そうか、そうだったのか。たしかにラスト近くで貴衣子が、自分たち交番勤務員のことを思う場面で〝匣〟という漢字が出てくる。作者は本書で表現したかったことを強調するために、あえて使用したのであろう。そこに交番の役割と、交番勤務員の矜持《きょうじ》——もっといえば、警察全体の役割と矜持——が込められている。だから元警察官だった作者の熱き想いに、胸打たれるのである。

【参考資料】

『事業者必携　最新　入管法・外国人雇用の法律　しくみと手続き』服部真和・小島彰監修（三修社）

『ルポ　技能実習生』澤田晃宏著（筑摩書房）

『コンビニ外国人』芹澤健介著（新潮社）

出入国在留管理庁ホームページ　moj.go.jp/isa/index.html

二〇二一年四月　光文社刊

※文庫化にあたり、サブタイトルを付し、修正を加えました。
※この作品はフィクションであり、実在の人物・団体・事件とは一切関係がありません。

光文社文庫

匣《はこ》 の 人《ひと》　巡査部長《じゅんさぶちょう》・浦貴衣子《うらきいこ》の交番事件《こうばんじけん》ファイル

著 者　松《まつ》 嶋《しま》 智《ち》 左《さ》

2024年4月20日　初版1刷発行

発行者　三　宅　貴　久
印 刷　新　藤　慶　昌　堂
製 本　ナ シ ョ ナ ル 製 本

発行所　株式会社 光　文　社
〒112-8011　東京都文京区音羽1-16-6
電話 (03)5395-8147　編　集　部
8116　書籍販売部
8125　制　作　部

ISBN978-4-334-10277-7　Printed in Japan

組版　萩原印刷

イタリアの引き出し

紙つぶて

イタリアの普通の人の毎日をまとめた本で、賞を授かった。イタリアの友人から、「授賞式に着けて」と、祝いの品を受け取る。ブローチらしい。大型の安全ピンに、数個の玉が並んで突き刺してある。いびつな玉をよく見ると、雑誌や新聞紙、本のページを硬く丸めたものだった。

ミニ現代アートのブローチには、〈SILENZIO STAMPA〉と書かれたタグが付いていた。報道規制、というような意味である。

長らく私は、日本のマスコミに向けてイタリアから報道の材料を提供してきた。政治経済からスポーツ芸能まで、ネタを探してきては日本の各媒体編集部へ打診する。大事件は大手通信社に任せ、こちらの狙い所はもっぱら、現地にいなければ拾えないような話である。

イタリアの都市はそれぞれに個性的で、独自の情報源を持つ日刊紙が存在する。全国のそのような日刊紙に協力を仰いで、情報を集めては日本に紹介した。

昔は、電話やファックスで情報が届いた。特ダネが入ると、提供者と私が互いの町から高速道路に乗り、中間地点の町の食堂で落ち合って、紙焼き写真を手渡しで受け取ったりした。

ネタの一覧を見た日本の編集部から依頼が来ると、記事を書く。掲載されて、読まれて、捨てられる。忘れられる。週が明けると、再びイタリア各地から電話が入る。提案する。書く。捨てられる。

祝いに貰《もら》ったブローチのいびつな紙つぶては、これまでに書いては丸められて闇へと消えていった無数のニュースの塊のように見えた。

長いあいだ事件報道にも関わったが、ある日ふと、驚かせよう、笑わせよう、誰よりも早く知らせよう、という甲高いイタリアのネタ探しはもう止めようと思った。

イタリアに限らず、有名になりたい、裕福になりたい、と上を目指す人は多いが、大半の人は平凡に暮らして一生を終える。

そのどこが悪い。

一生無名でも、それほど金持ちにならなくても、自分の持ち分や好きなことを知り粛々と暮らすことこそ、実は何より粋なことではないか。

〈普通 ordinario こそ、特別なこと straordinario〉という思いが強くなった。

ニュースになることのない、乙なイタリアのことを紹介していきたい。

「静かなことばを胸に」

silenzio stampa
ブローチを贈ってくれた友人のカードには、そうあった。

イタリアの引き出し●目次

トマトとジノリ

長い夏休みが終わって元の日常へ戻った頃、友人から夕食に誘われた。四十過ぎの彼は、現代美術の蒐集《しゅうしゅう》と展覧会の企画が仕事でミラノに住むが、一年の大半を旅して暮らしている。

「何も特別なものは、用意できなかったのだけれど」

その友人が自宅へ招待してくれるときは、必ず何か見せたいものがあるときで、でもそれが何かを最後まで言わないので、謎解きのようでわくわくしながら行く。

ミラノの秋はあっという間にやってきて、気付くともう冬が始まっている。夏前に訪れたときは、食卓に直線を引くように夕焼けが差し込んでいたのに、今日はぼうっとしたオレンジ色にテーブルが照らされていて、少し寂しいようなほっとするような気配である。

さあどうぞ、と食前のワインの先付に出されたのは、トマトだった。湯むきして、ワインビネガーでひと煮立ちさせたものだという。胡麻がかけてあるのは、日本への表敬らしい。

嚙むと少し甘くて実も柔らかく、夏に張りきっていたあの野菜とは思えない、控えめなものだった。

トマトが出されたとき下に受け皿があり、その絵を見て、ああ今日のサプライズはこれか、と思う。皿には、長靴を履いた農夫の絵が描かれていて、周辺には収穫した野菜や紅葉した葉も見える。秋の実りを前にして農夫はいかにもうれしそうで、今にも踊り出しそうな足もとをしている。

皿は、食器好きなら誰もが知っているリチャード・ジノリの骨董品だった。絵付けをしたのは、ジオ・ポンティである。戦後のイタリアを内から外から立て直した、ミラノの著名な建築家だ。建築家になったばかりの頃に手がけたのは、内装でもなくビルでもなく、イタリアの気品を代表するジノリの食器の絵付けなのだった。

友人は、トマトを食べる私をじっと見て、待っている。私は畏れ多くて、何も感想が言えない。

食事を終えて家に戻ってから懸命に探して見つけた、気球の絵柄の壺の写真だけを送った。天にも昇るほど美味しかった、というつもりで。

壺はジノリ、絵はポンティである。

ある日曜日、骨董市で

ミラノには運河が流れる地区がある。町の中心に大聖堂があるが、その建立に際し建築資材を安く手早く運ぶために、レオナルド・ダ・ヴィンチが水路を考案したのがその原形とされる。

海のない町ミラノに流れるこの運河は、港と同じ役目を果たしてきた。役に立つものも歓迎されないものも、すべて運河に沿って町にたどり着き、上陸した。一帯は、ミラノと外界を結ぶ玄関口である。

その歴史を反芻《はんすう》するかのように、運河沿いに今でも毎月最終日曜日に青空市場が立つ。市場といっても並ぶのは野菜や雑貨ではなく、骨董品である。

数百という露店が出て、それぞれがとっておきの品を並べて売る。夕食にリチャード・ジノリの皿でもてなしてくれた友人も、この骨董市で出物の皿を少しずつ見つけては、買い足していったのだった。

暑くもなく寒くもない秋の日曜日に、運河沿いを散歩する。

人形ばかり集めて売る店がある。どれもうっすらと汚れて、身に着けている洋服はすり切れたり、色あせたりしている。大小の人形が半分目を閉じて台に並ぶ様子は、物悲しいのを通り越して不気味である。持ち主は、なぜその人形を手放すことにしたのだろうか。人形達は、どこからやってきたのだろう。気怠《けだる》い顔の店主は台の向こう側に座り、半分目を閉じた人形といっしょに通行人を見るともなしに見ている。

すぐその脇には、十八世紀の様式の寝室用の椅子を、銀や金で派手にペインティングし直して、座の部分をイギリスやアメリカの国旗で張り替えたものが無造作に置いてある。

皿ばかり置く店。ガラスのランプシェードがずらりと並ぶ台。骨董書というよりは、古本を何の仕分けもなくただ並べて売る露店。数キロメートルにわたって、骨董市は続く。

時代も場所も不揃いの品物に出迎えられては見送られ、そのうちさまざまな時代と国の中をさまようような錯覚を覚える。

おびただしいモノの元の持ち主を思って、その数だけ背後に物語があるのか、と短編小説や長編を読む気分だ。

突然、目の覚めるような明るい色合いの膝掛けが目に入った。あまりに清々しい印象なので何かと思ってよく見ると、そこには骨董に見入る母親が押す乳母車があり、生まれて間もない赤ん坊がおくるみの下で寝入っているのだった。

ベゴニアが咲く頃

イタリアの夏休みは、大人も子供も長い。夏前に言うべきことは言っておかないと、秋になる頃には忘れられてしまう。せっかくの商談や約束ごとも、元の木阿弥になることも多い。それで休み前は老いも若きも、招いて招かれて、年末のような慌ただしさになる。

知り合いのカメラマンから、不思議な情報源を持っているらしい、と三十代の女性を紹介してもらうことになった。

さっそくその人に電話をかけて、面談を申し込む。待ち合わせ場所はどこがいいか、と尋ねると、

「木の下がいい」

と言われて、近所の公園の入り口から二つ目のベンチで座って待った。

やってきたフェデリカは、発色のよい緑のコットンパンツに薄いベージュ色の長袖のシャツ姿である。注意していないと、公園の景色に混ざり見過ごしてしまうところだった。彼女は、静かな声で単語を区切るようにして話した。散文の朗読を聴くようで、心地よい。

お礼に、日本の俳句について話をすると、「もっと知りたい」と言う。うちに『雨の名前』『風の名前』という本があるので見にこないか、と誘った。

フェデリカは熱心に二冊の本の説明を聴き、深いため息を吐いている。ちょうど食事どきになったので、いっしょにどうか、と誘う。せっかくなので、天ぷらを用意することにした。

食べられないものを訊くと、

「ベジタリアンなので」

と言った。

夏の野菜はみずみずしく天ぷらにするのは惜しかったが、それでも彼女は「季節を丸ごと食べるよう」と喜び、私からその二冊の本を借り受け、植物のような笑みで礼を言い帰っていった。

翌日、玄関のブザーが鳴り出てみると、誰もいない。足もとを見ると、小さな紙袋が置いてある。中には、薄いベールのような布地でできた小袋が入っていた。ケースに入った、黒くて小さな粒がいくつか見える。〈夕食のお礼。季節外れに咲く、特別なベゴニアです〉と、手書きのカードが添えてあった。

夏休みに入る前の日に届いたその種を、ベランダの鉢に急いで蒔く。黒い粒はとても小さく、長い休みを過ごすうちに蒔いた種のこともフェデリカのことも、私はすっかり忘れてしまった。

十月に入り、前夜の風で飛ばされた枯葉を片付けよう、とベランダに出た。すると、小さくて薄い桃色をしたベゴニアの花が咲いている。

ああ、とフェデリカを思い出す。

晩秋にひっそりと咲く小花は、静かな声で話したフェデリカとそっくりだった。

三十七個目の気持ち

歩いて一〇分の圏内だけで暮らしている。その中に、市場も公園も銀行も薬局も映画館もある。刑務所もあれば、教会もある。商店街を抜けるときは流行を早送りで見るようであり、大きな広場を渡るときは多くの人や犬とすれ違い、生物図鑑のページをめくる気分だ。

五百メートルほどのところに、文系の高校もある。その近くを歩くと、他の地区にはない風景に出会う。高校生目当ての店が並んでいて、若者向けの物が集まるからである。そこには、思春期のミラノがある。

天気がよいと、公園に移動パン屋がやってくる。日当たりのよいベンチで作りたてのサンドイッチを食べていると、重そうなリュックを持った十五、六歳の女の子が来て、「座ってもいいですか」と尋ねた。もちろん。ベンチに並んで座る。

とたんにその子は、声を出さずに泣き始めた。大粒の涙があふれて止まらない。切ないその子は、はちきれそうに太って愛らしい。目の前の移動パン屋で、アイスクリームを買って勧める。

少女は少し驚くが、すぐに「いただきます」と気持ちよく受け取り、うれしそうに食べた。何があったのか知らないけれど。それではまたね、とだけ挨拶し合って別れた。

しばらくして、晴天の公園で少女に再会した。こちらに気付いて大きく笑い、ちょっと待っていて、と手で合図し走ってきた。

「このあいだはごちそうさまでした」

あのときと同じアイスクリームを二個持っている。ベンチに並んで座り、今度は二人とも笑いながらアイスクリームを食べる。食べ終わって、ヴァレリアはおもむろに両手を私の前に出して見せた。

ぷっくりとした手には、無数のブレスレットがあった。

「これが原因だったの」

そのうちの一本を指でつまんで、少女は少し憎らしそうな顔をして言った。

全部で三十七本のブレスレットは、ヴァレリアが高校に入ってから今日までの喜怒哀楽の記念なのだという。笑っても泣いても、心に迫ることがあると、ブレスレットを一本着ける。たった一年のあいだに、三十七回も心を震わせる事件があったのか、と十五歳がうらやましい。

夏休みの海で、初めてのボーイフレンドができた。夢のような一ヵ月の記念に、と恋人は特注のブレスレットをくれた。学校の近くに腕のよいアクセサリー職人がいて、そこで作ってもらった、と彼は言った。

夏が終わって秋も過ぎる頃、メッセージを送っても電話をかけても、ボーイフレンドからは返事が来なくなった。

新しいボーイフレンドができた、と教室ではしゃぐ同級生がいる。自慢しているその子を見て、目を疑った。有頂天の級友の手首には、ヴァレリアが恋人から貰ったのと寸分違わないブレスレットがあった。

「しかも、ボーイフレンドの名前も同じだったの」

夢を作る兄弟

近所の公園は、周辺の中学や高校への通学路である。枯れた公園を楽しげに歩く少年少女は、季節外れに咲く花のようだ。

少女達が皆、同じデザインのトレーナー姿なのに気付く。イタリアの学校には制服はないので、特別な規則でもできたのか、と女子高校生に尋ねると、「え、知らないの?」と驚かれた。ミラノやローマ、フィレンツェでも、イタリアのティーンエージャーなら誰もが一枚は持っている服なのだ、という。ブランドのマークも、これといった特徴もない、むしろ地味な洋服である。

学生達に店の住所を教えてもらい、行ってみる。地下鉄の駅には近いものの裏通りにあり、他に商店はない静かな住宅街である。

入り口は見つかったが、店なのか家なのか、よくわからない。

入ってみると、店内は半地下で薄暗い。目が慣れてくるにつれ、広い居間のようなところに、前世紀のものだろうか、箪笥《たんす》や椅子、ソファ、テーブル、姿見が置いてあるのが見えた。

それらの家具の上に投げ掛けるようにして、無数の洋服が置いてあるのだった。

小学校高学年くらいだろうか。親の付き添いもなく、友達どうしのグループがあちこちにいて、それぞれが夢中でタンクトップやカーディガンを触っては試着し、脱いでは替えて、ため息を吐いている。

「全部、欲しい！」

着せ替え人形の部屋に紛れ込んだのか、と思う。店員は、と見回すと、少女達と背恰好の変わらない、二十代前半くらいの子鹿のような印象の子が二、三人、にこにこしながら黙々と洋服を畳んでは並べている。

店はさらに地下へと続き、ワンピースやジャケットの間を歩くうちに、魅惑にあふれる箪笥の中、小人になって探検に行くような錯覚に陥る。

近くにある小学校の生徒達が、この目立たない地下の店へ吸い込まれるように入ってきては、服をそうっとなで、選び、試着して、ため息を吐いて、帰っていく。

「二、三時間、店で遊んでいく子はざらです」

二十二歳になったばかりの店長が言う。

宣伝はしない。電話帳にも出ていない。あれが欲しいな、と思うと翌日にはもう商品になって、店のどこかに置いてある。

「地味でしょ。でも着ると、絶対にわかるの」

十二歳の女の子は、ちょっと眉間に皺を寄せるようにして、黒のタンクトップを試しながら、いっぱしのスタイリストのように言った。

イタリアの少女達を夢中にさせているのは、誰なのか。

店長に訊くと、あっさり社長の携帯番号を教えてくれた。かけてみると、ローマから会いに来る、という。

約束の日、店の前で待っていると、大型バイクがやってくるのが見えた。ベージュの綿パンツに濃いグレーのジャンパー姿の、体格のよい青年である。最近は、バイク便の配達人もずいぶん洒落ている。感心して見ていると、そのバイクは私の前で止まった。

「お待たせしました」

その青年が大きな体を丸めるようにして、照れくさそうな顔で挨拶をした。年配者を想像していた私は、クマのぬいぐるみを連想するような、その若者が待ち合わせの相手だと知って、驚いた。

四人兄弟の次男。長兄と二人で、切り盛りしている。兄弟の父親は長らく、高級ブランドの綿ニットの下請け工場を経営していた。大変な仕事で、子供達には継がせる気はなかったが、長兄が「ひと晩だけ工場を貸してもらいたい」と願い出る。父親を深く尊敬していて、自分達で工場を守りたかったからである。

まだ高校生だった兄弟は、ひと晩で二千枚のTシャツを作ってローマの有名私立高校のそばのガレージで売った。無許可。一日だけの店、である。完売。翌日にはローマの高校生達が、〈伝説のTシャツ〉と噂した。

あれから十数年経った。兄弟は誰の手も借りずに、イタリアに数十、海外にも店を開けた。最初は学校の近くの地下に、次第に市内中央の地上にも。

今でも二人は世界中を旅しながら、面白そうなことを自分で見聞きして、女の子達が幸せな気持ちになれる場所を作るため、洋服やバッグ、音楽を探して歩いている。

奇数年のヴェネツィア

奇数の年はヴェネツィアに行く。そう決めている人が多い。〈ビエンナーレ〉と呼ばれる、現代美術展が隔年で開催されるからである。夏前から秋が終わるまでの半年にわたり、世界中からの参加がある。この時期ミラノの食卓では、「ビエンナーレに行ったか」と尋ねられることが多い。するとまだ行っていない人は肩身の狭い思いをし、もう行ってきたという人が興奮して延々と話すのを黙って聞くだけとなる。こうして一年おきに、ヴェネツィアは文化度を計る物差しとなる。

ヴェネツィア駅に着く。

駅から出るとすぐ前が運河で、多数の水上バスの停留所が並んでいる。

世界中からの観光客でごった返している。全員がすでに駅前でヴェネツィアの気配に圧倒されて立ち尽くし、この混沌ぶりなのである。人ごみに任せて歩く。水上バスに乗っても歩いても、たいした時間の差はなく、そのうちに目的地に着く。

水の都には車がない。移動手段は、船と徒歩だけ。路地を歩いては細い引き込みの水路にあたり、それを越えるために橋を渡る。五、六段で越せる水路もあれば、長く高い橋を渡って対岸へ行かなければならないところもある。

標識を見ても手元の地図にない名前ばかりで、しかたなく道なりに進む。何か生き物の体内に入り、その血管伝いに行くようである。

建物と建物は接近していて、半身にならないと抜けられないところがあるかと思うと、いきなり目の前に壁が立ちはだかったりする。行き止まりかというとそうではなくて、前かがみになってその下のトンネルをくぐり抜ける。身を低くしながら頭上を見ると、黒々とした古めかしい梁《はり》があり、石の壁面には水苔《みずごけ》が這い上がるようにびっしりと付いている。朝も昼も夕方も日が差さない一角には、重い湿気が立ち込めている。そういうところですら、ヴェネツィアは美しい。

歩くうちに方向感覚はなくなり、人ごみもいつの間にか消え、気が付くと路地にいるのは自分だけである。まだ昼前だというのに、その地区は薄暗い。路地の先に一本の白い筋が見え、近づくにつれてそれが建物と建物との間から差し込む太陽光だと知る。

陰から日向へ出ると、いっせいに洗濯物がはためいている。こちらの建物からあちらへと何本もロープが渡されて、無数の干し物が見える。赤、白、黒ときれいに色分けされた洗濯物は、すでにすっかり乾いて微風を受けて翻り、ヴェネツィアの青空を切り抜いて見るようだ。

視界の奥に、ビエンナーレの赤い案内板が見えた。

計算尽くの演出による芝居を見るようである。この洗濯物も展示作品のひとつなのか、とそばを歩いていた住民らしい老女に尋ねると、

「ヴェネツィアそのものが、永遠の芸術作品なのです」

と、笑って応えた。

楽譜を焼く名人

「楽譜を焼く名人に会いに来ないか」

年の瀬を前に、サルデーニャ島の友人から電話があった。島の方言では、〈書く〉とは言わずに〈焼く〉なのだろうか。地中海で最も古い土壌とされる、小さな島を思う。

海岸の美しさは、実際に訪れて目の当たりにしても、わが目を疑うほどである。どこからが空でどこまでが海なのか、境のない青い景色が続く。

島はイタリア半島とスペインの間にあり、湧き水が出る。地中海をさまざまな民族が航海していた頃、島には給水のために多くの船が立ち寄った。

ナポリやヴェネツィアのような港で栄えた町と、同じ海に囲まれながらもサルデーニャはまったく異なる景色である。海岸沿いに町はない。次々と島にやってくる異民族から身を守るため、島民は海の際から内陸へと移り住んだからである。

朝、空港まで迎えに来てくれた友人と、さっそく楽譜焼きの名人を訪ねることにした。

この島だけにしかないような、特別な楽器か民族音楽があるのかもしれない。重要な楽譜なのだろうか。美しい海水浴場で有名な島と楽譜が、どうも結び付かない。

友人はそれを聞いて笑い、行ってみればわかる、と説明してくれない。車でどのくらい走っただろう。海を背に回し、内陸へ向かって走り続ける。周囲には赤茶色の乾いた土と、ところどころに果樹園や松林があるばかりで、人影も家もない。

道路標識もない砂利道を延々と走って、昼過ぎになってようやくその名人の家に着いた。家は、そこと両隣があるだけである。

玄関にはインターフォンもないので、友人が「着きましたよ」と、家の中へ向かって叫んだ。

中から出てきたのは、六十歳前後の堂々とした体格の女性である。いらっしゃい、とにっこり挨拶するその人は、頭には白い三角巾を被り、白衣のような上っ張りに綿の作業ズボンを着ている。この恰好で楽譜を書くのだろうか。

わけがわからず黙っていると、

「中へ入ればわかる」

友人は笑って、その女性と家の中へと招き入れてくれた。

入るとそこは、パン工場だった。

いらっしゃい、と先ほど玄関で名人が迎えてくれたのとまったく同じように、若くて美しい女性二人が声を揃えて挨拶した。名人の娘だ、と言った。

三人の女性が家の中で焼くのは、〈楽譜《パン・カラザウ》〉と呼ばれる薄いパンだった。

薄く伸ばしたパン生地を焼き窯に入れると、たちまち大きな球のように膨らむ。熱々のうちに、名人は手慣れた様子でその球を、ナイフで半分に割るようにして、切る。すると、薄い楽譜のような円形のパンが二枚でき上がる。

名人が焼くようには誰にも真似できないという。

香ばしい匂いに、グゥとお腹が鳴る。

「楽譜を見てすぐに演奏するなんて、なかなかの音楽家なのね」

名人は笑い、朝できたばかりという自家製のチーズとサラミを山と盛った皿を〈楽譜〉のそばに置いたのだった。

雪山とワイン

昔、北イタリアのヴェローナに住む友人達から誘われて、新雪のアルプスへスキーに行った。

「それでは、夕食時に宿で！」

幼少時から週末ごとにスキーをして育った友人達は、こちらの返事も待たずに、地面を蹴り上げるようにして滑り下りて行ってしまった。〈ブラックルート〉。上級者向けのコースのことである。そこに私は、独り取り残された。友人達には、自分が初級者のまま中年になっていることを言いそびれていた。

そこには平面がないので、滑るしかない。乗ってきたリフトのところまで必死で後戻りし、そのままリフトで下山することにした。

「ここで降りて」出し抜けにリフトの係員に言われて驚き、飛び降り損じて転落した。新雪の中に埋もれて、靭帯《じんたい》を傷めてしまった。

宿に戻って友人から見舞いに渡されたのは、不思議な形をした木製の鍋のような入れ物だった。急須くらいの大きさで、胴の周りにいくつもの吸い口が付いている。蓋を開けると、中から湯気といっしょに、強烈なアルコールの匂いが立ち上った。

「ぐっと飲んで」

温かくて濃い赤い色の液体の正体は、ワインだった。花と果実の香りに加えて少々煎じ薬のような匂いもあり、極彩色の味である。

碗に注ぐことなく、吸い口から直接この飲み物を飲む。熱いので、恐る恐る吸う。するとまず、ワインのアルコールとさまざまな香料の凝縮した蒸気が流れ込んでくる。寒さで萎縮していた喉を直撃してから、胃のほうへ静かに流れ落ちていく。その後に、濃厚なワインがやってくる。蒸気でアルコール分がだいぶ飛んでいるワインは、オレンジの味もする。ほどほどの甘みと優しい香りで、二度、酔いしれる。

冬、皆が揃ったところで回し飲みをした。回し飲みして仲間入り、という了解がある。この入れ物は、グロッラという名前である。

「ひと口ごとに、早期回復とスキー上達を祈る」

そう言いながら、友人達は回し飲みを続けている。

作り方◆Vin Brûlé（温かいワイン）

レシピは、百人いて百様。

材料は、やや渋みのある赤ワイン。ざらついた味のワインのほうが、厳しい寒さの山で飲むのには合っている。そこへ八角、シナモン、オレンジの皮、人によってはザラメや蜂蜜、干しブドウなどのドライフルーツ、場合によってはコショウなども入れる。

まとめて弱火にかけ、ひと煮立ちさせる。

まるで魔法使いが呪術用の飲み物を作っているような、ミステリアスな、しかし魅力的な香りが広がる。アルコール分と無数の香りを閉じ込めるようにグロッラの蓋をして、熱々のまま皆で回し飲みする。

これを飲む前にはもう、干し肉とチーズを具にしたパスタや昨日から煮込んでいるイノシシ、バターたっぷりのリンゴケーキなどを食べているので(ワインを飲みながら)、多少の変わりワインが追加されようが、いまさら食卓が動じることはないのである。

冬の海

十二月七日を皮切りに、ミラノの町中《まちなか》にはいっせいにクリスマスのイルミネーションが点く。ミラノの守護神である聖アンブロージョを祭る日である。市内の主な通りは、それぞれの商店街が工夫を凝らした照明で飾りたてられる。クリスマスの準備に町は沸き立ち、通りの灯りは人々の華やぐ心の内を表しているようだ。

日が落ちると、さまざまな色や形の光があちこちできらめく。華やかな情景を見ているうちに、わけもなく切なくなった。サーカスのきらびやかな出し物を見ているうちに、次第に哀しくなってくるのと似ていた。派手な電飾のないところへ行ってみたくなった。

いつもなら曇天のミラノを後にすると、他の町ではたいてい天気がいいものだが、さすがにこの時期は海へ向かってしばらく車を飛ばしても、空は灰色のままである。

気が付くと、国境を越えていた。

南仏の顔らしく、海岸通りはイタリアとはまた違った趣向の照明で飾り立てられている。海沿いの大通りにはヤシの木が街路樹として植えられていて、その幹や葉の形をなぞるように無数の豆電球が点いている。曇天で日が沈む瞬間は見えないが、ヤシの木が暗がりを背景にして次第に浮かび上がってくるので、冬の夜が海の通りにも訪れたのに気付く。

日が沈んで夜になる直前に突然、海が鈍色《にびいろ》に光った。曇天の向こうに沈んでいく太陽の最後の光線に、空と海が照らし出されたような瞬間だった。

薄暮に浮かぶヤシの木も、静かに光る冬の海に見とれているように見えた。

笑って、一年

ブレスレットは何本になっただろう。

初冬の公園で知り合ったヴァレリアは、心に迫ることがあるたびにブレスレットを一本足すのだ、と両手を見せてくれた。あのときブレスレットの数は、三十七本だった。

冬休み直前の昼、公園に行く。曇天で凍えるような寒さで、午後は雪になるかもしれない。樹齢の古い木々はすっかり葉を落とし、灰色の背景に描かれた線画のようである。

あまりに寂しい光景で早々に引き上げようと思っていると、前方から賑やかな数人がやってくるのが見えた。じゃれ合う子犬のよう。よく見ると、ヴァレリアが手を高く上げて振っている。諸手を上げて、ほら、というように袖口を見せた。縞模様のセーターかと見紛うほど、無数の線が並んでいるのが遠くからでもよく見えた。

過ぎ行く一年、迎える新年の挨拶を高校生達と元気に交わす。

Auguri! おめでとう。

皆、愉快でたまらない、という様子である。

何がそんなに面白いのか、と訊くと、ヴァレリアが長身の男子生徒の背中を押して、自分で話しなさいよ、と言った。

まだ甘い男の子の顔付きの、その十五歳の少年は照れくさそうに頭を下げて挨拶をした。

「僕の前の席の女の子は、まじめで騒がない。面白くない奴なんです」

その無愛想な優等生をなんとか笑わせようと、毎日少年は後ろからジョークを言った。ちょっかいを出した。無視され続けて、一年が過ぎた。

そして今学期最後の今日、少年は動じないその級友に、この一年間自分が言ったジョークでどれが一番面白かったか、と尋ねた。

優等生はまじめな顔で少し考えたあと、

「あんたの顔」

にこり、と笑い返した。

ヴァレリア達はそのときの光景を再び思い出し、笑い転げている。

腕をじゃらじゃら鳴らしながら、

「これが五十二個目のお話です」

お祝い尽くし

クリスマスイブおめでとう
クリスマスおめでとう
聖ステファノおめでとう
歳末おめでとう
あけましておめでとう
公現祭おめでとう

挨拶しては、キスを交わし、どうです一杯、乾杯の後は食卓へ、座ればさっそく前菜に、野菜あれこれ、具自慢のパスタの次は、華麗な魚、豪華な肉、各地の珍味に、これぞという銘酒が並ぶ。菓子は別腹でしょう？　ミカンを食べると、胃もたれも治るからぜひどうぞ。ブランデーにチョコなどいかが。どうかご遠慮なさらずに。

十二月二十四日から一月六日まで、目を開いている間は食べている。イタリア半島じゅう、冬眠前の熊であふれたような光景になる。

他所《よそ》の国は、クリスマスと年末年始でおおよそ祝賀は終わるが、イタリアは一月六日まで延々と続く。

六日は公現祭。イエス・キリスト誕生を祝いに、東方から三人の賢者がやってきた日である。なぜかこの日にイタリアでは、老女が夜中にほうきに乗って飛び回り、いい子には靴下の中に菓子や贈り物を、悪い子には石炭を入れていくことになっている。

寒い一月六日である。

用件があり、ちょうど来たドゥオーモ行きの路面電車に飛び乗った。

車内に入って、ぎょっとする。

目の前に、東方からの賢者が三人揃って乗っていたからである。

よく見るとその三人は、毎朝犬の散歩帰りに立ち寄るバールで会う顔見知りではないか。

やあ、と賢者達から挨拶されて、これは新年早々縁起がいい、とこちらも嬉々として挨拶を返した。賢者達の美しい晴れ姿を褒めると、脇から、ショールを掛けたコート姿の老女二人が顔を出して、挨拶する。

「私達が縫ったのよ」

自慢たっぷりに賢者のマントをたくし上げ、まっすぐの裾の縫い目を見せびらかすようにして笑う。

さきほどから一部始終を見ていて、声も出ないほど驚いている幼い男の子が、

「魔女は洋服も作れるのだねえ」

感心したようにため息を吐いた。

花屋からの贈り物

うちの前の広場には、公営の青空市場がある。

野菜、果物から下着、鍋まで、選り好みしなければ、生活の必需品がだいたい揃う。困ったら、広場へ行く。

買い物がなくても一日一度、市場を歩く。乳製品の店は二軒、乾物店は四軒、パン屋は二軒、青果店は十数軒、と互いにライバルだが、両隣の商人どうしの結束は固い。

私が通う店でほうれん草が売り切れると、隣の店主に「ひと箱頼む」と、融通してもらったりしている。

朝、商売の邪魔にならない時間帯に一周すると、左右前後から威勢のよい声がかかる。今日も一日がんばりましょう、と気が昂揚する。

市場には生花店もある。そこで毎週土曜日、〈今日の花〉を買う。最初は、花占いにでも合わせて選んだ花なのかと思っていたがそうでなく、店主が界隈の常連を思い浮かべながら、花を組み合わせて売っているのだ。毎週、店主が書いた詩集を貰うようで、何より楽しい買い物である。

「今日は僕からのプレゼントです」

一月も半ばを過ぎて訪ねると、店主はうれしそうに、店の奥から一本を私に差し出した。まっすぐでみずみずしい茎の上に、薄い紫色の大きな綿玉《わただま》のようなものが付いている。目の前に出されてよく見ると、ごく小さな花が無数に集まって大きな玉を作り、一つの花になっているのだった。

ニンニクの花。

青空市場の花屋ならではの、地味ながら味わい深い一輪だ。

じいっと見ていると、その小さい花達から無数のさざめきが聞こえてきそうな、静かなのに雄弁な花なのだった。

おいくつですか？

「失礼ですが、おいくつですか？」

ニースでバスに乗っていると、隣に立っていた女性から出し抜けに尋ねられた。フランス訛のないイタリア語だった。やぶからぼうに何を、と少し憮然として相手の顔を見ると、その女性は私ではなくこちらの足もとをしきりに見ている。私が連れている犬の年齢を尋ねたらしい。五歳ですが。

「そっくり」

ため息を吐き、かがみ込んで犬をなで続けていたが、その人は突然ハンカチで目を拭った。泣いている。

思いがけない光景に、バスの乗客達は驚いている。

やがて私の降りるバス停が近づいたので、かがみ込んだままの女性に別れを告げると、

「ごいっしょしてもよろしいかしら？」

と訊く。泣き顔の女性と私は、次の停留所で降りた。

四十過ぎくらいか。ジーンズにジャケットという普段着である。ニースに住んでいる人なのかもしれない。イタリアとの国境からは車で三〇分もかからないうえ、昔はそもそもイタリアの領土だった町である。イタリア系のニース住民は多い。

「私も長いあいだ犬を飼っていました。死んでから、もう一〇年になります。さっきバスで見かけたとき、心臓が止まるかと思いました。だって、瓜二つなのですもの」

そう言いながら、また涙ぐんでいる。

「ちょっとだけ、いいですか？」

せがまれて、リードを渡した。

ふだんなら張りきって歩く犬が、知らない人に引かれて気が気でないのだろう、尾を後ろ足の間に垂れ、おずおずと行く。

「犬がいなくなってから私、少しおかしくなってしまいまして」

気晴らしに鳥やハムスターなどいろいろと飼ってみたそうだが、ぽっかり開いた穴は埋まらない。ぼうっとしたままこの一〇年独りで暮らしている、と言って、女性はさみしそうに笑った。

「生き写しの犬に会ったということは、『そろそろ次のを』と、うちの犬があの世から勧めてくれているのかもしれませんわねえ」

グラツィエ、メルシ、と女性は繰り返して礼を述べ、何度も振り返っては犬に手を振り、名残惜しそうに去って行った。

ただ、それだけのことである。

犬とその場に少し佇み、さていったい今の人は何だったのだろうか、と考える。

異国の町で、何の因果か、赤の他人と話しながら並んで歩く。少しだけページを繰って、そのまま先へ読み進まないで打ち捨てる本のようである。

真冬の珍味

毎朝、零下である。

もうそろそろか、と暦を思う。日が昇る前に、はやる気持ちを抑えるようにして出かけていく。少し離れたところに毎週立つ、青空市場へ行く。その一角に、外食店が買い付けに行くような品揃えのよい魚市場がある。

真っ暗な広場の奥に、赤白の縞模様が裸電球に照らされてぼんやりと浮かんで見える。冷気と湿気除けに、大きなビーチパラソルを店の屋根代わりに広げ、その下で魚介類を売っているのである。

無愛想な店主と目が合うと、あるぞ、というふうに顎《あご》をしゃくってみせる。カニである。

モエケと呼ばれるこのカニは、一月から二月にかけての限られた期間にしか市場に出回らない。暗がりの中、そのカニの上に電球が吊るされていて、スポットライトに照らし出される花形役者のようだ。

カニは、大人の親指くらいの大きさしかない。箱に入ったかち割り氷の上で、忙《せわ》しなく足を動かしている。

この黒茶色をした地味なカニは、脱皮したばかりの子ガニである。それを、溶き卵と辛口の蒸留酒、すり卸したニンニク、みじん切りのパセリ、塩を混ぜ合わせた中に放り込む。生きたままでなければならない。子ガニは卵と酒の海に飛び込み、泳いでいるうちに酔い潰れる。そこをさっと引き上げて、粉をまぶし、高温の油で手早く揚げ、熱々を丸ごと食べる。ひと口で食べること。

殻は香ばしくて柔らかい。カニが吸い込んだばかりの卵や酒、ニンニクの風味が、ひと噛みごとにじわりとにじみ出る。冬の海を封じ込めて、口に放り込むようだ。

ミラノの冬は長くて暗く寒いが、居ながらにしてヴェネツィアの名物料理、モエケを味わえるのは悪くない。

揚げる前にぎょろりと上をにらむカニと目が合って、浸け汁に入れる蒸留酒をグラスにもう半分ほど注ぎ加えた。

教授の手土産

いったいいつになったら冬は終わるのか、とじれ始める頃、ふと街路樹に目をやると、幹の茶色が少し明るくなって見える朝が来る。それで青果店を見ると、カボチャやジャガイモは最前列から下がり、菜の花のような小花を付けた葉野菜やカブ、ほうれん草の摘み菜が前に出て並んでいる。

十一月に瓶詰めされた発泡ワインもそろそろ熟して、飲み頃である。近所の友人達と、冬の歓送会を開くことにした。

それぞれが料理を持ち寄る。ワインを持参する人あり、温野菜にハムの盛り合わせ、焼きたてのパンや鮮やかな彩りの菓子など、飾り気はないが温かみのある料理で食卓はいっぱいになる。

集まった面子《メンツ》は皆、徒歩一〇分圏内に住む人ばかり。公園で散歩を繰り返すうちに顔見知りになった人もあれば、仕事仲間もいる。知り合いが別のご近所を紹介して、付き合いの輪は広まる一方である。

「料理は苦手なので」

彫刻家の友人は、ピンク色のチューリップの花束を持ってくる。

ジノリの皿で秋の初めに夕食に招いてくれた友人は、「燃やすと部屋いっぱいに優しい花の香りが広がる」という、絵入りの薄紙が料理の代わりらしい。

「遅くなりました」

三〇分ほど遅れてやってきたのは、工科大学の教授である。四十になったかどうか、という年齢ですでに主任。世界中を飛び回る、建築学部のホープらしい。

また講演か海外出張の帰りで忙しかったのだろう、と思い、玄関まで迎えに出ると、若い教授は四角の紙包みを差し出した。

開けてみると、額に入った絵があった。

白樺のような木の枝が絵いっぱいに広がっていて、その中央に真っ赤な小鳥がいる。尾を上げて、今にも飛び立ちそうだ。背景の空は、水色とも灰色とも言えない薄青色をしている。ミラノの早春の空だった。

「大学から戻ると、中庭にコマドリがいる。オレンジ色の胸が冬の暗い庭に映えて、小さな花のように見えたのです」

冬の長い夜を過ごすのに、教授は暖炉用の薪を利用して額を作る。そこへ自作の絵を入れて楽しむ。

今晩は料理の代わりに、立春の訪問者を描き額に入れて持ってきたのだった。

「真っ赤に塗ったのは、日の丸への敬意です」

ワイングラスを受け取りながら、教授はうれしそうに言った。

特別なＬＰ

十五歳になるヴァレリアは、気持ちが高ぶるようなことがあるたびに、記念に新しいブレスレットを付け加える。うれしいことに限らず、悲しくても腹立たしくても、着ける。二〇一一年の暮れに会ったとき、五十二個の思い出を腕に着け、うれしそうにジャラジャラと振って見せてくれた。

年が明けて、新たにブレスレットは加わっただろうか。

「もちろん！」

ヴァレリアは、元気良く袖をまくり上げる。昨秋からの流行だという、レース編みのブレスレットが見えた。薄紫色で、小さな花が袖口に咲いているようで、春らしい。

二〇一二年の最初のでき事は何だったのか、と尋ねるとヴァレリアはそれには答えず、急いで携帯電話を出し、両手でメッセージを早打ちした。次々と届いた返事を読みヴァレリアはにっこりして、

「明日の夕方、説明にお邪魔してもいいでしょうか」

と尋ねた。


玄関を開けると、三人の少年が立っている。ヴァレリアから言われて来ました、とだけ言い、照れくさそうにしている。

肝心のヴァレリアがいない。わけがわからず、ひとまず少年達を居間に通した。フォカッチャやチョコレートを出すときちんとした敬語で礼を述べ、ジュースを取りに席を立ち居間に戻ると、フォカッチャやチョコレートはもう一つも残っていない。

「では、始めます」

三人はすっくと立ちあがると、リズムを取って歌い始めた。

十五歳のミュージシャンだった。

どうりでギターまで持参してやってきたわけである。

グループはLong-Playingといい、メンバーは五人なのだが、残りの二人はラテン語やら数学の宿題に忙しくて来られなかったという。

昨夏、自分達で作詞作曲した歌が、アマチュアバンドのコンクールで優勝した。

「〈ロンドンで録音〉が賞金の代わりでした」

ボーカルの少年が、少しミュージシャン風の顔になって言った。

五人は小学校からの同級生である。小遣いから五ユーロずつ出して、防音装置の付いた部屋を毎日一時間だけ借りて練習してきた。写真も動画も録音も編集も、全部自分達でする。

なぜ歌うのか、と尋ねたら、

「静かな気持ちになりたいからです」

五人が作って優勝した曲のタイトルは、〈自滅するイタリア〉。

大人が声を荒らげて国亡の危機を叫ぶなか、少年達はひょうひょうと邪魔なものを飛び越えて、視線は上を向いている。

南仏の食堂で

ミラノが零度の朝、三時間半、車を駆ってニースへ着く。海岸通りは、二十度。海を眺めるにはサングラスが必要だ。浜を見ると、靴を脱ぎ靴下も取り、ズボンの裾をまくり上げてセーターを脱ぎ、Tシャツ一枚でのんびりと日光浴をする人達が見える。沖の黒い点は、と目を凝らすと、強者《つわもの》が数人、泳いでいる。

モノクロの世界を抜け出て、原色の別世界へ飛び込んだ気分だ。

ニースの町を縦横に歩く。

波打ち際、商店街、山へ向かう道、港を取り巻く細い道、旧市街の路地、広場、丘の上、山の裏側、国定公園、ワシの巣状の古い村。新旧、都会と田舎、海と山と。

ありとあらゆる種類の風景が併存して、世の中のモザイクを見るようだ。たった一ヵ所にいるだけなのに、多くの土地を次々と旅するようで堪能する。

それにしても、正面から頭上から、存分に陽光が降り注ぐ町だ。通りを行く人は皆、気のせいか、晴れ晴れとした顔をしている。

「お天道様が見ていますよ」と、子供の頃に言われたのを突然、思い出す。

若きマティスのパリ時代の絵を見たことがある。夜なのか朝なのかわからない、どんよりと灰色に沈んだ重苦しい風景画だった。

やがてマティスは、ニースへ引っ越してくる。

まるで音を立てて緞帳《どんちょう》が上がったかのような画風に変わる。単純明快で明るい色にあふれた絵を見ていると、浜で日光浴をしている気分になる。お天道様の下でくよくよしていてもしかたないでしょう、と絵に言われる。

マティスばかりでなく、シャガールもピカソもコクトーも、もともと南仏生まれのセザンヌも、この地で暮らして楽しくてしかたない、という気分が絵に満ちている。

昼食に、山間の村の食堂に入る。天気がよいので屋外の席にどうぞ、と勧められる。

洗いざらしの格子柄のテーブルクロスが掛かった小卓は、ガタガタと安定の悪い粗末な木製である。座るとすぐに店の奥から給仕が出てきて、手際よく一枚の白い紙をテーブルクロスに重ねて敷いた。そして、メニューを流れるような口調で言い始めた。聞いてもわからないので適当なところで遮り、今言った料理をください、と頼む。すると給仕は胸のポケットからペンを抜き、卓の上に被せた白い紙に、乱雑な字で注文の料理名を書いた。

冬だというのに店の周りには名の知れぬ花が咲き、ふと見ると店内には大きな絵が何枚も掛かっている。外の壁には、タイルをはめ込むようにして描かれたものも見える。どの絵も、色と太陽がいっぱいだ。黒々とした小難しい絵は、一枚もない。

真っ白な紙に覆われた食卓の上に運ばれてくるのは、どういう料理なのだろう。絵の具を待つ、真っ白のキャンバスのようである。外を照らす正午の太陽の下には、影がない。

横から見て、上からも見る

「写真に撮って、プリントアウトしてくれませんか」

近所の中学生から、頼まれた。

台所のものを好きに選び、それを並べて撮る。

「横からと上から」

翌日の美術の時間に必要なのだ、とその少女は言った。美術の担任教師が、『ものごとは横からだけではなくて、上からも下からも見ないとわからない』、と言ったのだそうだ。

いったい何の勉強か、と尋ねると、

「キュビスムです」

中学生はさらりと応えた。

台所で、横から見て上から見て、物を選ぶ。

女の子は、深いため息を吐いている。

「知らなかった上の顔が、こんなにたくさんあったなんて」

居間にあるガラスの天板のテーブルに選んだものを置き、二人でテーブルの下に潜り寝転んで、下からも見てみる。

いろいろな視点で日常を観て、自分のことばで感想を書くのが翌日の美術の授業だった。その翌週には、キュビスムの画家達の中から好きな作品を選んで、模写したらしい。

「撮影とプリントアウト、どうもありがとうございました」

女の子はそう言って、三週間後に模写をお礼代わりに持ってきてくれた。

もちろん、ピカソ。〈オルタ・デ・エブロの工場〉という作品である。

67

旧いミラノに会いに行く

すっかり観光地化してしまったものの、気を付けて見ると、運河の流れる一帯にはまだ旧いミラノが残っている。

ミラノの中央にあるドゥオーモを建てるとき、町には建築資材を運搬するためにレオナルド・ダ・ヴィンチが考案した何本かの運河が引かれた。五百年前は、ヴェネツィアのような水の都だったのだ。現在では二本だけ残して埋め立てられ、道路になっている。

海のないミラノで港の役目を果たしたのは、町の南部にある運河の船着き場だった。物資のほかに人や情報も陸揚げされて、船着き場の周辺は、新旧が混在する活気に満ちた場所だった。

陸揚げされた資材を使ってすぐに仕事を、と運河を挟んで工芸職人の仕事場ができた。工房と住居は近接していて、生活に密接した工芸品の生産基盤となった。昨日今日の〈デザインのミラノ〉、ではない。

最近、雑誌の特集などでもてはやされる運河は、新進の飲食店や雑貨店ばかりで、職人街だった頃の原点を探れるものはない。運河地区の味わいは、モード誌が載せないような、忘れられたような店にある。古い店といっても、それは銘菓や名だたる道具を売る店、旅館などではなく、ありきたりの生活必需品を売る店である。

百年余り前から、という文房具店が界隈にある。女店主は三代目で、その本人がすでに八十歳を超えている。近所にはスーパーマーケットや新しい事務用品店もあるが、わざわざ別の地区からその店まで鉛筆やノートを買いに来る人達がいる。客達は店に入ると、一様に深呼吸している。店内には、旧いミラノの匂いがするからである。

老いた女店主は、昨年まで夫と二人で店を切り盛りしてきた。夫は、他界。今は、独りで店にいる。幼児から老人まで、客が途絶えることはない。

女店主は、界隈の皆の母であり祖母である。どの商品も店同様、古めかしい。いまどきこんな、と思うような時代遅れの絵が表紙になったノートを手に取り、母親はほっとした様子で子供に言う。

「お母さんも小学校のとき、このノートで勉強したの」

店内の引き出しには、旧いミラノがたくさん詰まっている。店に行けばあの日に会える。親は子供に同行するふりをして、実は自分の思い出に会いに行く。

老いた女店主は静かに笑って、丁寧に客の相手をしている。

僕の気持ちを届けてください

二〇一二年二月末のことである。

マルペンサ空港行きの電車の乗り口までお願いします。

タクシーに乗って行き先を告げると、運転手が承知しました、と言ってから振り返り、

「どちらまでご旅行でしょうか」

丁寧に尋ねた。東京まで、と応えると、

「僕も家族も、可能な限り日本製品を買っています」

喜色満面で言った。無愛想なタクシーが多いなか愛想がいい人に当たって幸先がよい、と私も喜び、礼を述べる。

「日本製は技術とデザインに優れて、すばらしい」

運転手の賛辞は止まらない。そのタクシーももちろん、日本車である。

しばらく黙って運転していたが駅に着こうかというとき、

「もうすぐ一年ですね」

運転手は静かに言った。震災のことだった。

「速報をテレビで見て大変に驚き、居ても立ってもいられなくなりました」

遅番上がりに家でニュースを見た彼は、タクシーのアンテナに日の丸を付けてミラノの町に飛び出した。市内を走りに走った。日本に気持ちを届けたかったのだという。

「タクシーの運転手になる前、僕は消防士でした」

原発担当で、ガイガーカウンターを常備し、放射線量を測って回るのが彼の仕事だった。

運転手は、福島のこと、町の人々のこと、現場の作業員達のことをあれから毎日ずっと思っている。

「今の僕には、日本まで行ってお手伝いすることはできません。僕はお客さんを駅まで運ぶ。お客さんは、どうか僕のこの気持ちを日本まで運んでください」

駅に着くと運転手は車から降りて、無言のまま深々と日本風にお辞儀をした。

分身に会うために

友人に芸術家がいる。金属を材料にして、大きな作品を創る。代理人を持たず、画廊との付き合いもなく、個展もせず、工房にこもって毎日、黙々と創る。

その工房は、ミラノの中心からずっと離れた地区にある。町と郊外を結ぶ殺風景な道が走り、道の両側には古い公団住宅が立ち並んでいる。団地はあっても、バールや商店は数えるほどしかない。生活の気配がない無彩色の景色のなか、うっかりしていると工房への曲がり角を見失う。

かつて町工場だったという工房に着く。いったん車から降りて、重い鉄製の門を自ら引き開けなければならない。門はすっかり錆びていて、綱引きでもするように満身の力で開ける。

舗装されていない敷地内には、昨日の雨であちこちに水たまりができている。ぬかるみを避けるようにして、敷地の一角に大量の金《かな》くずや鉄板が、無造作に積み上げられている。無数の建築資材のような鉄管や木材も立て掛けてある。ずいぶん長い間、屋外に放置されたままなのだろう。どれも傷んで変色し、腐食しているように見える。敷地内には、抜け殻のような工場や倉庫の跡があるだけで、人も音もない。

奥の建物から出てきた友人は、がっしりした手ばかりが目立つ初老の男性である。初めてここを訪ねた日から、二十年以上経っただろうか。気配は、そのときから少しも変わらない。

友人は、この向かいの建物に住んでいる。毎朝、通りを渡り工房へ来る。通りの向こう側に春夏秋冬と世事を置いて、玄関の鉄門を閉める。

そこできまって、犬が吠える。警戒しているのではない。今日も来たな、と何も変わらない毎日の繰り返しを喜んでいるのである。

犬が哭《な》き止むと、あたりは静まり返り廃墟に戻る。

こうして同じ時間に同じ順番で、友人の一日は始まる。

「僕は、手。見たことや考えたことを、手で形にする。誰に見せるわけでもなく、誰から頼まれたわけでもない」

鉄の造形物は、日ごとに姿を変えていく。終点のない時間が過ぎて、そしてあるとき突然、鉄が深く息を吐く。

知らなかった自分の分身が、そこにいる。

友人も深呼吸をし、門を開けて、通りの向こう側へコーヒーを飲みに行く。

春の顔

市場へ買い物に行く。ある日を境に、青果店に並ぶ野菜の色合いががらりと変わる。春が来た。

南仏との国境に近い、海沿いの寒村に住んでいた頃、野菜や果物の品揃えで季節の変わり目を実感したことを思い出す。

その村は、山が海に迫る地にある。平野はなく、海沿いを走る国道のすぐそばからオリーブの畑が山へと続く、静かな村である。これといった観光名所もなく、人はおしなべて無口で取っ付きが悪い。そこに住み始めた頃は、海と山と空が話し相手だった。

そういう村で、食材を買いに行くとある日突然、ジャガイモの大きな山に出会うことがあった。前日までは他の野菜と並んで売られていたのに、その日から売り場の花形になる。ジャガイモの山はひとつだけでなく、種類ごとにいくつも盛り上げてある。まるで芋の品評会のようだ。

店員に理由を訊くと、

「春が来たので」

と笑った。ジャガイモの旬のことかと思うと、そうではなかった。

春になると、取り立てて特色もないその村に、北欧から大勢の観光客が訪れる。村のある海沿いの一帯には、イタリア半島のどこよりも早く柔らかい日差しが照り、海は霞み、山はオリーブの新芽で銀色に輝くからだ。

北の国から下りてくる人達のために、市場にはジャガイモが並ぶ。イタリアの春には逡巡するほど多種類の野菜が出回るのに、この村ではジャガイモが春の花形野菜なのである。

春が訪れるたびに、ゴロゴロと厳ついジャガイモが山と積まれた、遠くの海沿いの村のことを思い出す。

好きな本の見つけ方

文は人なり、と言うらしい。祖国とは国語だ、と言った人もいた。

あまり知られていないが、欧州最大の書店はイタリアのミラノにある。場所はミラノ中央駅の中だ。

ミラノは内陸にあって、海がない。港がない町の玄関は、鉄道の駅ではないか。ミラノはその玄関口に、書店を置いたのである。

旅に出るために駅に着くと、プラットホームに出る前にこの書店がある。

〈私を連れていって〉

本が人待ち顔で書棚に並んでいる。

ミラノに着く人を本が迎えて、発つ人を本が見送る。それは、なかなかの心尽くしではないか。

あるとき、小学校一年生の国語の授業を見学する機会を得た。初めての授業である。入学したばかりの六歳達は、緊張して教師の顔を見ている。教師も子供達の顔を見つめ返す。

教科書を開くのかというとそうではなく、

「さあ立って」

教師は一年生達を促した。教室から出て、廊下を歩き、奥の部屋へと入った。

板張りの北向きの部屋には天井までの大きな窓が並び、緑に染まった木漏れ日が室内に差し込む、居心地のよい場所だった。壁には低い本棚があり、絵本から古典文学までが並んでいる。

国語の第一回目の授業は、図書室へ行くこと、だった。

教師は、六歳の子供達に言う。

「どのようにして本を選ぶのでしょう」

表紙の絵、という子あり。題名だ、いやアニメ映画になったもの、と口々に子供達は応えた。

教師はにこにこしながら皆の声を聞いていたが、やがてそばにあった一冊の本を取ると、顔の前へ持ち上げて開き、目を閉じた。

開いた本の中に顔を埋めるようにして、

「本の匂いを嗅いでごらんなさい。好きな本は、いい匂いがするものよ」

そう言って、開いた本の中で教師は大きく息を吸い込んだ。

春草の味

無口な友人がいる。年に数度しかやりとりをしない。それでもおおよそ、気持ちは通じている。その人は無口なうえに居場所も不定なので、知り合ってからこれまでの会話をすべて書き出したとしても、原稿用紙に数枚で足りるくらいである。

その友人から、電話があった。

「生まれたから見に来ないか」

それで、いよいよ春本番だと知る。

車で家まで行く。友人は、ミラノから車で一時間強の農村に暮らしている。仕事の都合で村の中には住まず、その近くにある丘陵地帯にいる。

彼は、牧童である。

舗装された道をあとにして、轍《わだち》を追って坂道を行く。道なりに上っていくにつれ、眼下にはなだらかな丘が連なって見える。上れば上るほどいくつもの丘が重なり、ミルフィーユのようだ。

丘を登り切ったところに、友人は立って待っていた。背後の倉庫には、巻き上げた藁《わら》の大きなロール状のものがいくつも積み重なって見える。笑って手を上げ、それで挨拶の代わりである。

家畜小屋は、しばらく来ないうちに棟数が倍になっている。

コンクリートのブロックを積み上げただけの小屋で、友人が自分で造ったに違いない。壁の上のほうには、窓のように開けた空間がある。どこかから譲り受けてきたような古びた鉄の扉がはめ込んであり、友人はその錠前を外して、入って、と合図した。

目が慣れるまで、真っ暗な小屋の中の様子は何も見えない。立っていると、前をザワザワと風が吹き抜けるような気配がした。

窓代わりの空間から日が差し込み、そこに浮き上がったのは羊の群れだった。足腰の線が細くて真っ白な子羊達が数十匹、集まっている。身体は小屋の奥へ逃げ込もうとしているのに、首だけこちらを振り返っている。不均衡に大きく、そして黒々と濡れた数十の目が、いっせいに開いた扉のほうを見ている。

メエエ、と一匹が鳴いた途端に、数十匹が一拍ずつ遅れるようにして声を上げ始め、静かで暗かった小屋の中は一度に賑やかになった。

「五十四生まれて、来月までにまた数十は増える」

友人はそう言いながら、作業場のほうへ私を案内した。

床も壁も清潔なその薄暗い部屋に入るとひんやりとし、ほのかに生まれたての赤ん坊の匂いがした。真っ白の搾りたての乳がバケツになみなみと入っている。清潔な部屋には、壁一面に棚があり、白い筒状のチーズがぎっしりと並んでいる。

友人は無言でその一つを手に取って、小刀を中ほどに差し込んで器用に一片をそぎ切り、手渡してくれた。

ひと口かじると、春草の味がした。

知らなかった風景

たいてい家にいるので、届け物を代わりに預かったり見張り番を言い付かったりすることがよくある。

「私達が宿題する間、ちょっと見ていてもらえませんか」

ある日、通りの向かいに住む小学生から頼まれた。親とも長く往来のある、よく知った仲である。頼まれたのは、その子の妹のことだった。

両親が共働きのその姉妹の家には、下校時間に合わせて祖父母か家政婦がいる。ミラノの長くて寒い冬、家の中で遊んだりおやつを食べたりして親の帰りを待つ。

春が来て、室内で小さい子達は元気と好奇心を持て余している。

小学校に上がった姉は、宿題を言い訳に友達を家に呼んでいっしょに遊ぶのを楽しみにしていたのに、幼稚園の妹がまとわり付いてどうにもならない。祖父母は、元気のある幼い子を公園に連れていくのが不安である。家政婦は、家でする用事が山とある。それで、私に何とかしてくれないか、と相談が回ってきたのだった。

五歳の子と手をつないで、散歩に出かけることにした。

日差しは明るく、暑くなく、爽やかな風も吹いて、なかなかのミラノである。五歳の速度で見る辺りの景色は、いつもと異なった。大きな広場を渡るのにも、一度では渡りきれない。中州のように途中に中継場所があり、そこで止まって信号を待つ。再び歩くうちに女の子が、ときどききじっとうつむいているのに気が付いた。具合が悪いのか、と尋ねると、違うと首を振る。彼女は、自分の足もとを真剣に見ているのだった。

「ときどき上も見ると、すごいの」

急いで五歳の子の目までしゃがんで、いっしょに見上げてみる。

建物の間に、切り取られたような青空が見える。

今までこういう景色を見逃していたなんて。

意外な発見

十二月はクリスマスと大晦日、一月は年始、二月はカーニバルで雪も降る。ミラノの冬は長くて暗いが、行事も続くので忙しい。

「寒さには、高カロリーで立ち向かおう」

そういう料理が冬には多く、呼ばれては食べ、呼んでは飲む三カ月を過ごす。

気が付くと、春も終わろうとしている。これといった行事もなく薄着の季節を前に、いよいよ食欲も節制の季節か、と思っているところへ誘いがあった。

誕生日パーティーである。誰の誕生日か、と訝しく思うと、その本人のだという。六十一歳。

「景気が悪く皆の元気もないので、盛大に老齢を祝うことにしたのよ」

と張りきっている。

知り合ったそもそものきっかけは、犬の散歩だった。家の前の広場を渡ったところに美しい公園があり、毎朝定刻に犬を連れて散歩する。犬は融通が利かないので、真っ暗な冬の朝でも大嵐でも休まずに出かける。いつもの時間にいつもの場所で会う同じ顔があり、そのうち挨拶をするようになり、気が付くと互いの家に通い合うようになっていた。

誕生日を迎える本人が、祝賀の席を自宅で持つという。せっかくだから公園の顔見知りも招こう、ということになった。

飼い主達と街ですれ違っても、気付いたためしがない。公園では犬ばかりに気を取られての立ち話なので、人間のほうまで目が行かないからである。さらに、起き抜けの飼い主達は、顔もさることながら身づくろいもまともでないことが多い。足もとは、長靴。犬に飛び付かれてもよいように、古びたコート。寒いので帽子に鼻まで引き上げたマフラー。誰が誰だか見分けは付かず、犬で飼い主を当てる。

そういう公園の仲間が、誕生日パーティーで一堂に会した。盛装であるうえ犬連れでないため、誰が誰だかわからない。これでは仮面パーティー同然だ、と皆で笑った。

このあいだ幼い友人から、「下を見て、ときどき上も見るとすごいの」と教わったので、足もとばかりを見ながらパーティー会場を回ってみる。するとと、頭上からの聞き慣れた声、声から思い出す犬、と見当が付く。誰だかわかったところで、再びその足もとをじっくり見ると、実はこういう人だったのか、と目からウロコの発見があるのだった。

犬は飼い主なり。わかったつもりでいたが、靴も人なり、なのである。

フェデリカからのメール

昨日は半袖でベンチに座ってアイスクリームだったのに、今日はコートにスカーフ、雨傘で出かける。鼻風邪をひく人も多く、三日と晴れ間の続くことのない晩春である。それでも運河沿いには毎年恒例の植木市が立ち、公園の木々は葉桜からモクレン、ツツジと花が変わって、四季のアルバムをめくるようだ。

窓辺の作業机に着いていると、手元が明るい時間が毎日少しずつ長くなり、悪天候でも日差しが夏に近づくのが知れる。

フェデリカからメールが届いた。昨夏に会い、秋に咲くベゴニアの種を贈ってくれた友人だ。静かで人見知りする、植物のような女性だった。頻繁にメールをやりとりするような仲でもないので、どうしたのか、と思って開いてみると、文はなく写真が一枚あるだけだった。

フェデリカは大学の建築学部を卒業したあと、造園の仕事をしている。植物好きの彼女は、建物や道路、広場を造るために元からあった木々が伐採されるのが我慢できず、緑を作ろうと決意した。

写真の中に見えるのは、フォロ・ロマーノ近くのとてつもなく高い石の壁である。その壁の向かい側にある背の高いヤシの木の影が写り込んでいる。

イタリアは今、経済も政治も未曽有の危機に瀕している。不況、汚職、窃盗、人種差別、暴動、破廉恥ぶり、暴言。マスコミは人の弱みを挙げつらう内容ばかりを報道して、世の中の終焉か、という様相である。

ところが、古《いにしえ》のローマから続く壁に、陽光を浴びて悠々と影を映すヤシの木がある。

フェデリカのメールの件名には、〈諸行無常〉とあった。

花の声

二〇一二年のミラノの春は、雨ばかりだった。

例年ミラノには、十月十五日から四月十五日まで暖房が入る。ところが今年は二週間延長をしても、まだ足りなかった。

ミラノの夏は、運河の植木市場でやってくる。

毎月、最終日曜日に骨董市が開かれる運河に、北イタリアのあちこちから植木商達が集まる。晩春の日曜日の朝、界隈は突然、無数の花木に包まれる。曇天を背景に、大小の原色の花が映える。

往きは運河のこちら側を歩き、帰路はあちら側を通る。

手の上に載るほどのサボテンから、見上げるようなミカンの木まで、運河を挟んで緑と花でいっぱいだ。一帯の道路は通行止めになっているので、露天商の呼びかけと散策する人が花に見とれて漏らすため息しか聞こえない。

しばらく歩くうちに、花から呼び止められる。同じような植木が無数に並んでいるなかで、その花だけに声をかけられるという瞬間がある。

花を連れて、家へ帰る。

その花を見て、今の自分の気持ちを知る。

毎年、植木市に出かけて、家に連れて帰る花はさまざまである。植木市で花を買っているつもりで、実は花にこちらが選ばれている。

今年は、どの花から声をかけられるのだろうか。

ヴェルディが伝えたかったこと

新緑が目に沁みる、ある日曜の午後、友人と音楽を聴きに出かけた。コンサートではなく、練習を聴きに行くのである。

かつて国際フェア会場のあった地区で、整備の行き届いた道や緑の豊かな区画の広がる、閑静な住宅街である。

地下鉄の駅を出るとすぐ前に、練習会場はあった。

商店もバールもない、ひっそりとしたその一角に、威風堂々とした構えの建物がある。入り口には、腕のよい鍛冶職人によるものだろう、美しい紋様の黒々とした立派な鉄の扉がある。続いて深い飴色に光る木の重い扉を開くと管理人室があり、音楽を聴きに来た旨を告げると、建物の奥へと招き入れてくれた。

入り口の前には、教会だろうか、十字架を掲げステンドグラスをはめ込んだ建物が見える。凛として格があり、建物の正面に向き合うように立ち、厳かな気配を感じて思わず頭を下げる。

ジュゼッペ・ヴェルディの墓がそこにある。

訪れた先は、〈ヴェルディの家〉と呼ばれるところである。生家ではない。

ヴェルディは、今から二百年前にミラノから百キロメートルほど南下したところにある、ブッセート郊外の小村で生まれた。空と農地しかないようなところだった。何も起こらない田舎だったが、刻々と変容する自然を堪能できる恵まれたところでもあった。

曇天の雲が開いて、青空が広がり、日が照り輝いたかと思うと、またしても暗雲が立ち込め雷鳴が轟き、頭を垂れて天の憤りの鎮まるのを待つ。やがて月が雲間に見え隠れし、柔らかな夜風がそよぎ、闇と静けさが広がる。

光と影、起伏に満ちた音楽をヴェルディは創った。

イタリアの人達は、「最もイタリアらしい音楽」と、自分の一生と重ねて思いを寄せる。

その建物に入るドアには、ガラスがはめ込まれている。相当に古いガラスなのだろう。少しいびつで、向こう側の景色がぼんやりと歪んで見える。

ヴェルディの意思により生前から建設が始められたが、彼の死を待ち利用が始まって現在に至る。

入居するのは、老若男女の音楽家達である。ヴェルディは、経済的に恵まれない老いた音楽家達が安らかな日々を過ごせるように、とこの家を建てた。

階段を上る。隅々まで手入れが行き届いていて心地よく、落ち着いた内装が優雅である。

通された広間には赤いビロードの布地を張った椅子が並び、黒々と光るピアノとその横に掛かる大きなヴェルディの自画像が見える。

パルマ王立歌劇場から来た女性ピアニストが、控えめな様子で鍵盤に手を置く。静かな間合い。老婦人がピアノの脇に立つ。そこに立つだけで、得も言えぬ華がある。

観客はわずか数人である。自らも第一線で歌いながら、数々の教え子を名歌手として育ててきた老婦人のソプラノの歌声は、広間を抜けて回廊へと流れていく。

廊下の先には、最期の床に就く人達がいる。病室と連結しているのである。

礼拝堂にも、ソプラノの声は廊下を伝うようにして静かに広がっていく。上方にあるステンドグラスから日が差し込み、祭壇の上に広げてある聖書を照らし出している。

ヴェルディ。

音楽に身を捧げた無名の人達のことを、彼は忘れなかった。異才は私財を投じ、自らの墓の上に礼拝堂を建て、病院を造り、舞台を配した。

音楽は〈ヴェルディの家〉を包み込み、静かな祈りとなって天のヴェルディへと昇っていく。

ビキニテスト

春の嵐が訪れて、花粉が飛ぶと、初夏である。

公園ですれ違いざまに、有名なファッションブランドに勤めるルーカが、

「来週には、ビキニテストをしなくては」

やや焦った顔で言った。幾重にも着込んで耐え過ごした冬の間に、胴回りには幾重にも贅肉がだぶついている。ビキニテスト、とは文字通り、ビキニに堪えるボディラインなのかを確認する、という意味である。

去年の水着がまだ入るだろうか。ルーカは洒落者で、商売柄、体型の管理に命がけである。

翌日の公園でルーカから手渡された紙には、〈一カ月で引き締める〉

とあった。レシピ集である。ダイエットである。

よく見ると初日は飲み物だけで、続く数日も草食動物の食生活のような内容だった。

青空市場の前を通る。受け取ったばかりの紙を見ながらまず、気持ちを引き締める。

これから始まる野菜三昧の準備をしよう、と食材選びをしていると青果店の主人が、

「すばらしいトマトが入りましたよ。これを薄切りにして、ちょいとオリーブオイルを垂らし、塩を振り、モッツァレッラにルコラでサンドイッチを作ると、たまらないねえ」

こちらの顔を覗き込む。

引き返して、ハム屋へ入る。店主に買いたてのトマトを見せて、相性のよいものを頼む、と言うと店主はうれしそうな顔で、

「それでは、北イタリアの自慢どころを」

ハムやサラミを薄切りにし、包み紙に載せて見せた。

焼きたてのパンを買う。温かい袋の中から立ち上る芳香に、目を閉じる。

ビキニテストよ、さようなら。

食べたいものを言ってごらん

作りたてのパニーニを見る。


ハムにトマト、レタスにパン。オリーブオイルと香草入りの塩。イタリアの味の見本帳のようだ。

ひと口食べると、一瞬にして気持ちは田舎へと飛んだ。ミラノの屋内で食べている場合ではない。犬を連れてさっそく車に乗り、イタリアの味の源へ向かった。

ミラノから高速道路に乗ると、すぐ農地が広がる一帯へ入る。イタリア最長のポー川が流れ、広大な平地が続く。平坦な大地を突っ切る道は、風景が変わらず退屈だ。果てしない平野に初夏の日差しが満遍なく照り付けて、まぶしい。

空気を入れるために土を耕したばかりなのだろう、地面は湿った土の色を見せ、いかにも豊潤な様子だ。少し窓を開ける。肥料の臭いが鼻を突く。

景色を後ろへ飛ばし、友人を訪ねる。

八十歳に近い旧友は鍬《くわ》を持ち長靴を履いて、畑の角で出迎えた。

「食べたいものを言ってごらん」

彼の足もとには、さまざまな野菜の苗や種、スコップ、堆肥が並べ置いてある。

ラタトゥーユ、と頼む。

「簡単そうで、難しい料理を注文するね」

一人で畑に入り、黙々と耕しては、穴をあけ、種を蒔き、水をやる。

畑のすぐそばに、友人は住んでいる。藁《わら》を積み上げる倉庫と家畜小屋を併設したその家は、貸家である。大家は都会に暮らして、生まれ故郷のそこを訪れることはほとんどない。友人が大家の生家の手入れをし、耕地で輪作をして、先祖代々の土壌を守っている。その代償として、友人はその家に住んでいる。

「土と家への気持ちと世話で十分」

大家はそう言い、賃料を受け取ろうとしない。

田舎暮らしは、朝から晩まで用事が多い。手が空くと、隣家を手伝う。農繁期には、隣村まで出かけていく。森の下草を刈り、枝を払い、それを暖炉を持つ家へ配る。見つけたキノコやカタツムリは、村の食堂へ届ける。ときどきそこへ食べに行く。残飯は近所の酪農家へ回し、豚が育つとハムになり、家へ届く。

友人はそのようにして八十年、田舎で暮らしてきた。

「財布なんて使わないねえ」

夏前にまた、ラタトゥーユ用の野菜の収穫を手伝いに来ることを約束して、ミラノに戻る。

手を抜くセンス

ミラノといえば、ファッションだろうか。日本の雑誌に、街で見かけたミラノマダムのファッション、というような記事が載る。持ち物も洋服もヘアスタイルも化粧も、そして表情も、いかにも垢抜けている。座ってコーヒーを飲む場所も写り込む背景もセンスのよい場所だったりして、感心して見ている。

それにしても、あのマダム達はふだんどこにいるのかしらん。

ミラノはイタリアの大都会である。全国から仕事や学業で功を成そう、と上京する人は多い。人が集まると情報もお金も集まり、イタリアの最新はミラノ発、ということが多い。

今ミラノで元気があるのは、どういう人達だろう。

街中《まちなか》を声高に行く人達がいる。中国人達だ。昔はちらほらだったがあっという間に増えて、丸ごと中華街になった地区もある。それはミラノに限らない。

ミラノコレクションが発表されると翌日には、新作ファッションと酷似した恰好の中国人達が行く。日が経つにつれて、次第に中華風に組み合わせが変化して、ミラノの中国人スタイルは独特である。

「全身ブランドなんて、田舎者の象徴よ」

高校生のヴァレリアが、グラビアで微笑むミラノマダムを見て言う。

「週末、私達といっしょに買い物に行きませんか」

と、私を誘った。

中高生御用達の商店街が、市内にいくつかある。ヴァレリアと友人達は、まず若者向けのブランド専門店でじっくり新商品を見る。ジーンズや靴には気を使うが、いくら若者向けとはいえ、全てのアイテムをブランドで揃えるのは大変である。

「それに、少しは手を抜かないと野暮になるし」

いっしょに付いてきた音楽バンドのメンバーの男子生徒もそう言う。

手を抜いたファッションを手伝ってくれるのが、「こういうところ」と立ち止まった店は、露天商のテントの前だった。広場の一角に店を出している。大きな日除けの傘の下に、びっしりと衣服が吊るしてある。高くても二十ユーロ（約二〇〇〇円）止まりで、ありとあらゆる衣服がある。店主である中国人の若い夫妻は、ほとんどイタリア語が話せないところがそれでも、売る。まるでパンのように、次々と売っている。

そういう店でヴァレリア達は丹念に見て、スカーフやサルエルパンツを買う。雑誌の切り抜きを持ってきた少女がいて、水着の上に合わせる巻きスカートの写真を店主に見せている。ブランド店で買うと四十ユーロ（約四〇〇〇円）はするらしい。

「オーケー。アシタ、キテヨ」

店主はそれだけ言うと、あとはただニコニコするだけである。

翌日になって、

「オーケー、コレ、アッタ」

黒いミニスカートが手渡された。五ユーロ（約五〇〇円）なり。

青果店でトマトを買うと入れてくれるようなビニール袋に入れて渡された、少女はうれしくてたまらない。

「手を抜き過ぎても駄目。それがセンスなのよねえ」

キオスクは知っている

私の家の前は大きな広場である。この広場を突っ切るには、五本の通りを渡らなければならない。広場を往復すると、合計十本分の横断歩道を渡ることになる。広場を一周しようものなら、さらに大ごとだ。待ち合わせをするにも、広場のどの角で何を目印にするのかあらかじめよく打ち合わせしておかなければ、はぐれてしまう。

ある朝、帰路を急いでいた。

広場の一角にある薬局を出て、最初の横断歩道を渡ろうとしたとき、

「あのう、すみませんが」

背後から、か細い女性の声がした。

振り返ると、背中の曲がった老女がいた。杖を手にして、足もとを見ると室内履きで、小さなバッグをたすき掛けにし、バッグの上にしっかりと手を載せている。広場の角ごとに銀行がある。たった今、老女はお金を下ろしてきたところなのかもしれない。

「いっしょに広場を渡ってもらえませんでしょうか」

弱々しく拝むように頭を下げ、杖を少し上げて見せた。

広場のどちら側まで行くのだろう。薬局の角から広場の向こう側まで付き添うのなら、軽く一〇分はかかりそうである。

老女は最初の横断歩道を渡りながら、まず自分の年齢を言った。

「八十三歳になります」

ちょうど歩き始めの幼子のようで、半歩ずつの歩幅で必死に歩く。歩きながら広場の中州近くにあるキオスクのほうに向かって杖を上げ、

「店主と同い年なんですよ」

と、笑った。

急ぎの用件には遅れたが、老女と広場を渡った一〇分は、思いもかけない小さな旅だった。

歩きながら老女の話を聞くうちに、時と場所を超えて見知らぬ過去へと空想が飛んだからである。

老女の現在、過去、そして未来に驚きながら、キオスクの前を通る。

店内には、老いた女店主とその息子がいる。

「ごくろうさま」

老いた女店主が、通りざまに私に声をかけた。百年近く前から、そのキオスクは広場にある。広場を行き交う歴史を見続けてきた。新聞を売りながら、どの新聞よりも早くミラノで起きていることを知っている。

老店主はにこりと手を軽く上げ、再び新聞や雑誌の山の向こうに黙って座っている。

サルデーニャのパスタ

今朝コンピューターを開くと、アレッサンドラからメールが入っていた。昨冬サルデーニャ島で知り合った、パン作りの名人である。

〈小麦粉の仕入れをきっかけに、パスタのメーカーと知り合いました。サルデーニャ島にある、小さな工場です。ぜひ、召し上がりに島までいらっしゃい。ここはもう夏です〉

さっそく電話をかけて、詳細を尋ねた。

メーカーは、アレッサンドラの自宅から車で一時間半ほどのところにあるという。島の内陸部にあり、湧き水が豊富で緑が多い。遊牧の羊の通り道としてもよく知られる一帯である。ペコリーノチーズの産地でもある。

年の瀬の前にパン工場を訪れたときの、青空とエメラルドグリーン色の海を思い出す。

夏が来た今、島にはどんな色があるのだろう。


カリアリ空港から車で、内陸へ向かう。

サルデーニャ島には、人口の三倍にあたる、野生も含めて五百万頭近い羊がいる。

古代から島は、地中海航路の重要な基点だった。地中海で最も古い土壌を持ち、紀元前二千年以上前からの文明を誇る。島の歴史はあまりに古過ぎて、未だによく解明されていないことも多い。

国道をまっすぐ走る。両側に険しい岩山が続いたかと思うと、突然、目の前には緑の深い丘陵地帯が広がる。道は高い山を越える。高山の道沿いには、島だけに育つ植物が咲き乱れている。窓を開けると、車中に地中海の香りが流れ込み、むせ返る。

起伏に富んだ島の自然は、内陸に行くほど手付かずのまま保存されている。集落はまばらで、人々は島の奥深くにこもるように暮らしている。

空気は澄み切り視界を遮る建物もなく、遠く離れた森の木々の枝まで手に取れるようだ。

パスタ工場は、そういう深い緑の中にあった。

兄弟と婿一人の家族経営である。工場に案内されると、清潔で明るい。ごく簡素な建屋とは対照的に、最新鋭の設備が整っている。練りたての小麦粉の生地から、次々とショートパスタができあがる。小さな工場なので、注文のあった分だけを毎日作る。乾燥パスタだが、手打ち麺のような新しさがある。

自営の農園を持ち、そこで厳しい基準検査を通過した有機農法により栽培される小麦を材料とする。

工場に流れるのは、パスタ生地から立ち上る香りと機械の音だけだ。経営者でもある工員達は、ひと言も無駄口をきかずにパスタばかりを見ている。

正午のベルが鳴り響くと、兄弟は手際良く片付けて早足で工場から引き上げていく。

五分ほどすると末の弟が戻ってきて、倉庫前の空きスペースへと案内した。

いつの間にか、そこには小テーブルが二卓用意してあった。真っ白な綿のテーブルクロスが掛かり、その上には二十キログラムはあろうかというペコリーノチーズが丸ごと、一リットル瓶の赤ワイン、〈楽譜〉と呼ばれるカラザウパンが並んでいる。

兄弟が、それぞれ両手に大皿を抱えてやってきた。皿の中には、できたてのパスタがあった。

「レシピは、先祖代々のものです。パスタは、乾燥し終えたばかりの自信作です。島の味を召し上がれ」

島のパスタ、マッロレッドス（サルデーニャ風ニョッキと呼ばれる）を食べる。

ひと噛みごとに、人を寄せ付けないような岩山や喉の渇きを癒す湧き水、深い森、照りつける太陽、空とつながった海が目の前に押し寄せた。

島はもう夏だ。

SMSで始まる熱い夏

雷や雹《ひょう》、突風と劇的な空模様のあとに、突然、夏が訪れた。

学校は小中高と揃って、六月の第一週に終了。新学期の開始は、九月の第二週である。

三カ月の夏休みが始まった。落第した子、補習授業を受けて秋の再試に臨む子、問題なく進級が決まった子。それぞれの夏が待っている。

学校が終わって初めての週末の夕方、公園で待ち合わせをする。公園で知り合った高校生達が、切り売りのピッツァや飲み物を持ち寄って夕食ピクニックをするという。

「ちょっと見せたいものがあるので、ぜひ」

ヴァレリアに誘われて、まだ日の高い夕刻七時の公園へ出かけて行った。

五、六人の級友達がヴァレリアを取り囲んでいる。遠くにまで聞こえるような嬌声を上げて、何やら騒々しい。

何ごとかと覗き込むと、携帯電話だった。

早い子は小学校から、高校に入ると全員が携帯を持っている。スマートフォンはクリスマスプレゼントの筆頭だったが、公園に集まった十六歳達に尋ねると、最新式派と前時代モデル派に分かれるという。

高校生達が使うのは、もっぱらＳＭＳ（ショートメッセージ）である。携帯電話サービス会社もよく心得ていて、学生向けに通話よりもメッセージに重点を置いた割引プランを作っている。

皆が取り囲んで騒いでいたのは、ヴァレリアの携帯電話だった。

ひと時代昔のモデルの携帯電話には、届いたばかりのＳＭＳが見えた。

〈君のことを考えるたびに小石を海に投げ入れたら、

海は岩の塊になるだろう〉

夏休みを目前に、近くの高校の男子生徒からＳＭＳが届いたのだ。

うれしいヴァレリアは、泣き笑いの顔をしている。

向こうから、アイスクリームを両手に持った少年がやってくるのが見えた。

長い夏休みの始まりである。

二十八グラムの甘い気遣い

まだ間に合う、と、のんびりしているうちにもう七月である。
強烈に暑い。先週からミラノは、アフリカだ。
公園で知り合ったビキニテストのルーカは誓った通りに節制して、
「いつでも海に行ける」
と、すっきり引き締まった下腹を自慢げに叩いてみせ、うれしそうだ。
新聞を買い、挽きたてのコーヒー豆に誘われて、キオスクの前のバールに入る。
まだ七時にならないというのに、カウンター前は既にけっこうな賑わいだ。バールで朝食をとる人は多い。

家のコーヒーとどこが違うかというと、豆の煎り方も挽き方も違う。シェイプアップしたルーカのことを思い出し、菓子もパンも我慢してコーヒーだけを頼む。もう夏なのだから。

エスプレッソ一杯、とレジで勘定を払う。

レジにいるのは女店主である。

「おはようございます。ところで、ビキニテストには間に合うのかしら?」

釣り銭を渡しながら、訊かれる。

なんとか近いうちに、と下腹を軽く叩き笑ってごまかす。

女店主はそれを見て、ちょっと待って、と手で合図し、

「今日もがんばりましょう」

レジの下から何か取り出しながら、笑った。

女店主から贈られたのは、南国ふうの花が一本。茎の部分には、ハート形のピンク色のチョコレートが二個付いている。ラベルには、〈重量

二十八グラム〉と記載されている。

甘いイジワルをどうもありがとう。

夏の約束

以前、山間《やまあい》の小さな村に住んでいたことがある。村と呼ぶにはあまりに小さく、集落といったほうがふさわしいようなところだった。リグリア州の海沿いの道から、ピエモンテ州へと続く山に向かう道を入り、いくつ目かの山頂近くにある。

学校が終わっていよいよ夏が来ると、村にいた数少ない子供達は月を見上げながら、何かを心待ちにしている。

モニカに訊くと、

「もうすぐわかる。月が隠れたら、いっしょにお出かけしましょう」

月が欠けるのが待ち遠しい。

山の村には広場がなく、道は蛇行して細く、夜には通る車もない。

外灯は集落から漏れる明かりだけで、夏の遅い夜が訪れるとあたりは漆黒の闇に包まれる。目が闇に慣れると、オリーブの葉や山道を走る猫や小動物の姿、遠く眼下に広がる海が、少しずつ浮き上がるようにして見えてくる。

「さあ、行こうか」

モニカと近所の四、五人の子供達に連れられて、闇の山道を歩く。森閑とした雑木林の手前で、皆が声にならない声を上げて立ち止まった。

真っ暗な中に、小さな光があちらこちらと飛ぶ。黄色とも白ともいえない、はかなげな光。無数に集まったホタルは、群舞で闇を照らして私達を迎えた。

「また会えたね」

モニカは、そうっと手の中のホタルに挨拶する。

だから美味しい

今でこそミラノの運河地区はすっかり観光地化しているが、かつては職人街として知られた一角だった。

町の真ん中に大聖堂を建てる際、物資の運搬に便利がよいように、と運河が人工的に造られた。

時を経て、二本の運河を除いてすべて埋め立てられ今では環状道路になっている。もしそのままにしてあれば、今頃ミラノも水の都だったのかと思うと面白い。

ずいぶん昔にこの地区に通い始めた頃、有名ブランドのハンドバッグや財布などのサンプルばかりを専門に作る、皮革職人の工房があった。

夫婦二人の店で、一般客には売らない。窓際には作りたてのサンプルが並べてあり、頼めばそれを売ってくれたりしたものだった。

ある日その工房の窓に、

〈閉店します〉

と、張り紙がしてあった。

驚いて女店主に事情を尋ねると、

「甥っ子がアイスクリーム職人になったので」

誇らしげに言った。跡を継ぐ子供がなく夫婦は引退するが、物作りの魂は店ごと甥っ子が継ぐのだという。

しばらくして、革製品を作っていた工房は小さなアイスクリーム店に生まれ変わった。

毎朝、広場にある青果店で果物を熱心に品定めする、大柄な青年がいる。旬の果物しか買わない。輸入果物も駄目。

よほどこだわりがあるのですね、と褒めると、

「今度、食べに来てください」

うしろを振り返って、運河沿いのアイスクリーム店を指差した。

叔父と叔母から職人魂を託された青年は、決して人工甘味料や粉末加工した食材を使わない。脱脂粉乳も使わない。

「本物の味わいは、手間を省いては生まれません」

大きな手で熟したスモモの薄皮をそうっとむきながら、頑固な職人風に青年はきっぱり言った。

シチリアからの礼

シチリアから客が来た。十五歳の高校生。知人の娘である。

知人はミラノで数日にわたって仕事があり、

「その間、相手をしてやってもらえないだろうか」

と、頼まれた。

少女はファッションとデザインとアートに陶酔している。ミラノはその聖地、と憧れている。

ティーンエージャー向けのファッション雑誌は、小学校時代に卒業した。すでに『ヴォーグ』の定期購読者である。ミラノで開催されるデザインフェアもヴェネツィアのビエンナーレも、雑誌やネットの上では隈無く訪問済みである。

「でも、まだ生《なま》を見たことがないの」

十五歳はそれなりに精一杯のお洒落をして、わが家にやってきた。ヴィンテージ・ジーンズのショートパンツに、メタルロック系のバンド名の入った黒いTシャツ。真夏なのに、膝下までのブーツ。そして、首筋や腕にはラメ入りのジェルを塗っている。

真夏の暑さのなか、興奮と緊張で少女のアイラインはすっかり崩れて、黒々とした目元が切なく可愛らしい。

炎天下、高級ブランドの集まる地区へ行く。

道を行く人々は、ロシア六、中国三、イタリア一という割合である。『ヴォーグ』を生で見よう、と冷やかしに端から順にすべてのブティックに入ってみる。

シチリアの少女は、店の入り口ですでに怖じ気付いている。

挨拶する店員達もまた、ロシア六、中国三、イタリア一なのである。

スカラ座近くにある、宝飾店のような内装のチョコレートの老舗で、ミラノ限定のジェラートを買う。

歩き食いしながら町を見て、城を抜け、工業デザイン展を見に行く。

美術館の広い中庭には、現代美術の彫刻が置いてある。緑の芝の上に、原色の作品が映える。それを眺めながら、屋外の喫茶コーナーで大人に交じってアペリティフを飲む。

夕食には、うちの近所にある大衆食堂でミラノ風カツレツも食べる。

「これ、〈象の耳〉と呼ぶんだよ」

ミラノ訛で給仕が少女に説明している。

少女はさまざまなミラノに満足し、終始無言である。

自分で撮ったミラノの断片をカメラの中で見直しながら、

「ここには、海も林もないのね」

ため息を吐いている。

聖地巡礼を終えて、少女は母親とシチリアへ戻っていった。

数日後、シチリアから宅配便が届いた。

〈シチリアの太陽と海の風を受けて育つ、苦いオレンジのジャムです〉

ジャムの瓶の上には、作った日付と少女の祖母の名前が入っている。

ひと口食べてみると、ミラノでは決して作れない味がした。

カラフルな相棒

夏休みに入って、トリノの住宅街からは人気《ひとけ》が消えている。

大通りに面する、がらんとした商店街を歩く。店舗はシャッターを下ろし、〈夏期休業中〉の札が掛かっている。

しばらく歩くうちに、一枚の張り紙が目に留まった。


『小さなオウムがいなくなりました。

白と黄色で、頬がオレンジ。

見つけた方は、以下にご連絡ください』

オウムの写真の横には、

『御礼に五十ユーロ（約五〇〇〇円）差し上げます』

とも書いてある。大急ぎで貼り付けたのだろう。張り紙の四隅が、乱雑に切られた荷造り用の茶色のテープで無造作に留めてある。

行方不明の犬猫を探す張り紙は見たことがあっても、オウム探しのものは初めてだった。

人のいなくなったトリノで大切にしていた小鳥が消えて、途方に暮れる飼い主の気持ちが迫ってくるようだった。

まだ春の浅い頃、南仏のニースの海岸通りを散歩していたら、前方から初老の女性が歩いてくるのが目に入った。散策をする人が大勢いるなかで女性が目に付いたのは、服装のせいだった。明るい日差しの海辺でも、ひときわ目立つ原色のショールを肩から胸元に掛けていて、それが時おり海風にあおられ、ふわりと広がっては揺れている。

初老の女性とすれ違う際、派手なショールをよく見ようとした。

原色の大判ショールだと信じていたのは、オウムだった。

初老の女性は小柄で、肩に自分の半分ほどもあろうかという大きなオウムを止まらせていた。オウムは慣れた様子で、紐でつながれた片足で器用にバランスを取りながら、ときどき大きく羽を広げて甲高い声で鳴いている。

びっくりして路上に立ち止まり、初老の女性に声をかけた。

初老の女性はいかにもうれしそうな顔で、

「アルベルトです」

そのオウムを紹介し、挨拶をしなさい、とオウムに言った。

するとアルベルトは、

「チャオ、あるべると」

バタバタと数回羽を広げて、甲高い声で挨拶をした。

あっという間にその女性とオウムの周りに人垣ができて、女性は鼻高々という様子で皆を見ている。市場に行ってきたのだろう。焼きたてのバゲットや野菜が入った買い物キャリーを引いている。

「毎朝、こうしてアルベルトと海沿いを散歩しているのです」

なぜオウムにアルベルトという名前を付けたのか。

どうしてオウムと海岸沿いの散歩をしているのだろう。

尋ねてみたいことはいろいろあったが、ベルトのように腰にオウムをつなぐ紐を巻き付けている老女の静かな様子を見て、それ以上は何も訊かずに散歩を続けることにした。

甲高い〈サヨナラ〉に振り返ると、赤と青、緑と黄色の美しいショールで覆われた老女の背中が遠ざかっていくところだった。

トリノのオウムは、無事に飼い主の元に戻れただろうか。

留守番とイチジク

暑い夏が終わろうとしている。

空っぽだったミラノにも、少しずつ人や車が増えてきた。九月の二週目から始まる学校に合わせて、日常が戻ってくる。

休暇に出かけなかった人もいる。事情は人さまざまで、炎天だけが残ったミラノを歩き、行き交う人とそれとなく目を合わせ、知り合いではないが挨拶をする。夏の町に残った者どうし、何かあればよろしく、という気持ちが互いにある。

そのうち近所のバールも青物市場もパン屋もすべて閉まり、道路ではスケートボードの練習をする青年もいるほどになった。がらんとした町の夕空に、教会の鐘が鳴り響く。

それまで見飽きていた景色が、非日常になって目の前にある。

窓からそういう光景をぼんやりながめていると、玄関の呼び鈴が鳴った。一階に住むマリオだった。

六月早々に休暇を楽しんだマリオは、夏のあいだアパートに残った数少ない住人の一人である。

何ごとかと思うと、

「ひと夏、無事に過ごせて何よりでした」

そう言って、皿に盛ったイチジクを差し出した。

その日の朝、マリオがミラノの近郊の知人宅から穫ってきたばかりだという。切り口から透明の蜜がにじみ出ている。

ミラノに残った私達は、留守宅を守る自警団のようなつもりで夏を過ごした。そろそろその任務もおしまいに近づいて、マリオは互いの労をねぎらったのだった。

窃盗団のおかげ

車に戻ると、窓のガラスが粉々に割れていた。

遅れた昼食をとるために、路上に駐車していた。南フランスの有名な美術館前の通りで、周囲は閑静な住宅街である。手が入るだけの大きさにガラスは器用に割られていたが、車内にめぼしいものがなかったのでそのまま逃げたのだろう。ガラス以外には、何の損害もなかった。

信号待ちをしているところへ、いきなりドアを開けて助手席に乗り込んでくる悪党もいると聞く。そういう恐ろしい目に遭わずに済んだだけでも、よかったのかもしれない。

そのように自分に何度も言い聞かせて諦めようとするものの、やはりどうにも腹立たしい。

その足で、警察へ行く。日曜日の午後なので被害届の窓口は閉まっている。翌朝出直してくるようににべもなく言われて、見知らぬ土地ですっかり困ってしまった。

警察署を出て車に戻ると、車内中に飛び散っている無数のガラスの破片は街灯を受けて光り、星屑のようだ。

気を取り直して、最寄りのガソリンスタンドへ行く。

もう夜である。あたりには、誰もいない。窓の割れた車を店内にいるレジの男に示してから、コイン式の掃除機で車内にまだ残る盗難未遂の空気とガラス破片を吸い取る。

夜の南仏の海辺のガソリンスタンドで、一人で掃除をすることになるなんて。

レジの男は黙って見ている。

梱包用のテープと透明のゴミ袋を買い支払いを済ませようとすると、

「ビニール袋をテープで張って駐車したら、盗んでくれ、と言わんばかり。もう車とは永遠にお別れになるでしょうね」

レジの男は、最寄りの車のガラス専門修理工場の電話番号を書いてくれた。

翌朝、砂浜へ出る。

南仏の海が広がっている。朝一番の水泳を楽しむ人々のなかに、フランス語ができない私の代わりに修理工場と話をしてくれる人はいないか探す。

それは災難だったが怪我や他の被害がなくて幸いだった、と事情を知った人達は身振り手振りでなぐさめた。数人が集まって、交互に修理工場に電話をかけてくれる。

大騒ぎをしてつながった修理工場だったのに、あいにく車種に合うガラスは品切れだという。

「高速道路を走れるように、プラスチック板で応急処置をしましょう」

浜辺の助っ人達が粘って頼み込んでくれたおかげで車は仮の窓を得て、ミラノに戻れる目処が立った。

ミラノへ戻る予定を一日遅らせて、恩人の早朝スイマー達に会いに行った。その日の夕方に砂浜で皆と落ち合い、ピッツァで車の仮修理を祝う約束をした。珍妙なきっかけだったが、印象の濃い出会いである。

車内にはちょうど、窃盗団には相手にされなかったサルデーニャ島産のワインがあった。皆で集まった海岸の向こうに、サルデーニャ島がある。

「これも窃盗団のおかげ」

厄払いも兼ねて乾杯をする。

見上げると雲ひとつない空があり、目を落とすとその空を映す豊かな海があった。

母親に似て美しい

夜中に蚊がうるさい。まだ間があると思っているうちに、秋が来た。

十月十五日からミラノには、いっせいに暖房が入る。

夜でも雨戸を閉めない寝室の窓からは、つい数週間前までは日が差し込み、朝が訪れた。ところが十月に入ると夜明けは遠くなり、同じ時刻に目を覚ましているのに、窓の外はまだ漆黒の闇である。

エスプレッソマシーンを火にかけ、コーヒーが沸き上がってくるのを待つあいだにトースターにパンを放り込み、窓を開け、顔を洗って……。順々に一日の支度をしているが、どうだろう。この数日、パンも焼き上がってコーヒーを待っているのに、なかなか沸き上がってこない。

気温が下がって、朝の時計が遅巻きになっている。

コーヒーを待ちながら、何気なしにベランダを見る。その頃になってようやく薄日が差し込んでくる。

紫陽花の葉は大半が枯れて落ちている。梨の木は、日の当たる上方にわずかに葉を残すだけである。どの植木も枝の先を縮めるようにして、冬への支度をしているように見える。

枯れたベランダの奥に、薄い桃色の点々が霞んで見えた。上階から紙屑でも落ちてきたのか、とまだ薄暗いベランダに出てみる。

それは、昨夏もの静かなベジタリアンのフェデリカから贈られた、遅咲きのベゴニアの花だった。晩春に立派な葉を出したのは覚えていたものの、夏から秋にかけて他の植木が次々と付けた華やかな花に気を取られ、奥にいるベゴニアのことはすっかり忘れていた。

〈また今年も会えましたね〉

ベゴニアがそう挨拶したように思った。

日が高くなるのを待って贈り主に写真を送り、貰われてきた子が立派な花になりました、と報告した。

昼過ぎにフェデリカから返信が届いた。メールのタイトルに、

〈立派に育ててくださりどうもありがとう。ベゴニアの母より〉

本文の代わりに一枚の写真があった。それは厚い葉を大きく広げた、母ベゴニアだった。

母娘は似ているだろうか。

写真を並べて見入っているうちに、秋の一日はもう終わろうとしている。

モンテ・ナポレオーネ通りの裏を行く

ミラノといえばファッションで、世界に名だたるブランドのほとんどが集まる一角がある。モンテ・ナポレオーネ通りやスピガ通りは、町の中央にある聖堂や王宮の近隣にあって華やかで、まさにミラノの表参道である。どの店舗も荘厳な店構えで、美術館のような佇まいが印象的だ。

ファッション関連の催しがない、平日の昼下がりに通りを歩く。観光シーズンからも外れて、通りは閑散としている。ショーウインドウはクリスマスを控えて、奥にこれぞという宝を隠している。晴れ舞台に備えて、念入りに身支度を整える役者達のようだ。

表通りを行く人達は、視線にも足運びにもそつがない。客もいれば、店員や業者もいる。意外に奇抜な装いの人はなく、一見、普通の恰好なのにいかにも洒落ているのは、そこに流れる空気のせいだろうか。

表通りから一本入る。細い通りで、通り抜けの小道のように見える。店も人通りも少なく、見過ごしてしまう人も多い。古くから、骨董商が軒を並べる道なのである。中ほどの建物を奥へ入る。住居なのか商店なのか、事務所なのかよくわからない。

美しい紋様の敷石がある中庭を通り抜けると、ガラスの扉があった。扉の取っ手は、ブルドッグの頭になっている。ブロンズ製の等身大だ。ガラス越しに、ビロードのソファと壁に掛かった重厚な額縁入りの油絵が見える。

表からは何の店か、わからない。骨董品を扱うようであり、家具や室内装飾品の専門店のようにも見える。知られざるオートクチュール店かもしれない。

恐る恐るブルドッグの口に手を入れて、扉を押した。

「いらっしゃいませ」

明るく品のよい声がする。

そこは骨董品から宝飾品、家具や絨毯《じゅうたん》の専門店であり、さらには好みの布地とデザインで洋服を仕立ててくれるオートクチュール店でもあった。

ただし、客は犬である。

二人の店主はもともと、老舗の骨董商と宝飾デザイナーだった。表層の騒動に流されて肝心を忘れてしまった最近のミラノの風潮が、二人には無念でならなかった。ミラノの底力は、その創造力にある。長年の人脈と情報を結集しミラノの真髄を紹介しよう、とこの店が生まれた。壁紙から絨毯、仕立師から家具職人まで、〈創るミラノ〉を支えてきた伝統工芸の技が店内に凝縮している。

犬相手の商売、と侮ってはならない。犬は、飼い主の心の代弁者である。客が連れてきた愛犬の鼻息に耳を傾けながらも、実は飼い主の四方山話を熱心に聞く店主がいる。

ミラノの奥底から聞こえてくる、静かな声を集めたような店である。華やかな表参道では見聞きできない、ミラノの粋がある。

どこでもキャンバス

ミラノ市役所から封書が届いた。開けてみると、〈町の清掃について〉と記した小冊子が入っている。地区別の道路の夜間清掃や分別ゴミの捨て方、粗大ゴミの回収方法などについて、詳しく説明してある。

この一冊をじっくり読むと、ミラノのゴミについてその種類から排出量、回収方法に焼却技術、最新テクノロジーによってリサイクルされるまでがすべてわかるようになっている。

パラパラと眺めていると、ふと、〈新しいサービス〉というページがあった。最近、市が始めたばかりの事業らしい。

説明によると、市税で行う道路や公園、広場などの清掃の他に、各地区、あるいは建物ごとに申し込めば、〈別途事業〉として指定場所まで専門スタッフを派遣するという。有料。単発で依頼することもできれば、月に一回というように定期的に繰り返し特別清掃サービスを頼める、ともある。

市がそこまで気合いを入れて有料サービスを始めようとする理由は、何なのだろう。読み進めると、特別清掃の内容が判明した。

壁の落書き消し、だった。

この十数年、ミラノの平面という平面は落書きで埋め尽くされている。例外は、主たる教会や警察署や病院といった、見張りがいて厳粛なる場所と路面くらいである。残りの平面は、色スプレーで描かれた絵や文字、意味をなさない殴り書きで埋め尽くされている。

営業を終えて店を閉めたあと、夜半から早朝にかけてシャッターに落書きをされる。店主は、落書きより濃い色のペンキで上塗りする。すると待ち構えていたように、その夜のうちに再びシャッターは落書きで埋まる。その繰り返しである。近所のピッツァ店は、落書きの上塗りを専門にするアルバイトまで雇ったほどだ。ある日、終わりのない落書きとの戦いに疲れ果てた店主は、シャッターいっぱいにメニューとピッツァの絵を自ら描いた。空飛ぶピッツァが何枚も描かれた派手なシャッターを見て、悪戯を封じ込めるにはこの手があったか、と感心した。

建物ばかりではない。地下鉄の車両にも、いったいいつの間にこれだけの絵を描くのか、というような大胆で創造的な落書きがある。

公園の壁には、サッカーのウルトラスと公安との衝突で事故死した、あるファンへの追悼の詩が書かれている。

彼を知る、サッカーファンなのだろうか。若い剃髪《ていはつ》の青年が、黙ってその壁の落書きを写真に収めている。

市が新しく始めた〈落書き消し〉の事業には、〈毎日清掃〉というメニューもある。

〈最新のテクノロジーを駆使して、高圧の水の力で建物の外壁を傷めることなく、汚れだけを洗い落とします〉

と、説明している。

老いた女性が、肌のシミや皺をさまざまなクリームや整形手術で処置するのによく似ている。

いったんできてしまったら、簡単には取り除くことはできない。

あちこちの落書きを見て少し呆れながら、しかし深く感心し町を歩く。遠くを見ると、建物の上のほうに、壁一面を使った巨大な落書きの絵が見えた。どんなに長い脚立でも到底そこまでは届かないし、屋根から手を伸ばしてどうなるというような場所でもない。いったいどのようにして描いたのだろう。あれでは、市が自慢する最新式洗浄機も歯が立たないだろう。

ゲリラ芸術家達の秋は深い。

冬が来る

毎年十月の最終日曜日から、冬時間が始まる。

新聞やテレビニュースで、

「日曜日の未明のうちに、時計を一時間、うしろに戻してください」

と知らされる。

それまでの朝七時の光景は、日曜日の朝には六時の光景となる。間違えていつものように起きてきて、窓の外を見ると、昨日までと様子が違う。この〈こんなはずじゃない〉という瞬時の気分は、何年たっても面白い。一瞬、時と時の間を飛ぶような気持ちになる。

窓の外は、とりわけ暗い。

綿《わた》のような霧が下り、いつものミラノの町の景色を覆っている。

街灯も遮るほどの濃霧で、ふだんならわが家から正面に見えるティチネーゼ門もドゥオーモの尖塔も、広場も、キオスクも、大樹も隠れてしまっている。

こういう朝がこれから春まで続く。霧の向こうには何があるのか。見知らぬ海に出ていくような気持ちになる。

夜が明けてくるにつれ、下のほうから景色がうっすらと浮き上がってくる。これほど深い霧の上にもやはり、太陽は上《あが》っている。見えない太陽を頭上に感じながら、そろそろと広場へ行く。少し歩くうちに、コートにも細かな霧が下りてきて、冷たいミラノの冬がじわりと身体の奥まで浸み入ってくる。

今日は、どういう一日になるだろう。

創る町、ミラノ

ミラノは、北イタリアの内陸にある。海がない。

町の南を流れる運河は、ドゥオーモを建てるために造られた人工の水路である。

かつての船着き場を挟んで、一帯には他の地区と異なる独特の空気がある。海のないミラノにとって、運河の船着き場は港のような役割を果たした。

建築資材が荷揚げされるとすぐ、職人達が仕事を始める。石を切る者がいれば、木や金物で調度品を作る建具屋もいた。運河地区は五百年にわたって、〈作る人〉が集まる場所となったのである。

運河の両岸には低い建物が並んでいる。集合住宅で、中庭をぐるりと取り囲むようにして廊下が通る、独特の建築様式である。〈ミラノ長屋〉と呼ばれるその集合住宅でさまざまな職人達が最新のイタリアの顔をこつこつと作り続けてきた。ミラノに〈Made in Italy〉が集まったのは、そうした昔からの背景があったからである。

運河沿いを歩く。

市内との境界あたりに、看板のない店がある。厳めしい門構えはなく、ガラス戸一枚だけで運河沿いの通りに面している。二間ほどの店の正面はショーウインドウになっていて、そこから少し店内が見える。いつも色とりどりの反物の切れ端が、天井から吊るされている。あるときはそれが鞄になったり、またシャツやコートやクッションになったりする。

今日、服飾雑貨の店かと思って通り過ぎると、翌週に前を通るときには紋様が刷られた大きな紙が貼ってあって、印刷所だったのかと思う。紋様をよく見ると、布張りのソファや壁紙、絵画の中の衣装で目にしたことがあるものも多く、古いイタリアの濃縮のようである。

型染めらしい。銅版だろうか、木版だろうか。原版を彫った人の創意もさることながら、それを刷り上げる手の繊細さにも驚く。

店に入ると、すぐ前に大きな作業机がある。卓上には型紙や糸巻き、ミシン、布地が広げて置いてある。熟練の師の手ほどきを受けながら、若い男女が熱心に切ったり縫ったりしている。

この店は、伝統の技で新しいイタリアを創って売る場所なのだった。店は奥へと長く伸びている。天井に古くて頑丈な木の梁が見える。ここもミラノ長屋の一軒なのだ。

店の奥の壁一面には、木版の型が並んでいる。厚い木片に伝統の紋様が堂々と彫り込んであり、染料が木に染み込み深く光っている。

店主は、布地を作ってきた老舗メーカーの後継者の一人である。〈Made in Italy〉の礎を創ってきた歴史が店にはあり、鈍色に光る木版のような印象の、生きた証人がそこにいる。

ミラノで織られた布が各地に広まった時代、服地や室内装飾用は分けて作られていたわけではなかった。一族の工場で無地無色の布を織り、それに染色し、あるいは紋様を上に刷ったのである。

一族の歴史は、イタリアの布と創意と手の技の歴史である。

「伝統がいつの時代にも通じるとは限りません」

店主は、ミラノの進取の気性そのままの女性である。

堅牢な伝統を礎に、店内では明日のイタリアを支える気概が生まれている。

ニンジン日和

いつも明るく元気で、というわけにはいかないこともある。

こまごまとした所用があって方々へ出かけなければならないのに、そういうときに限って大雨が降ったりする。泣き面にハチ。

いくつかの用件をひとまとめにして朝から出かけ、やっと夕刻に片付けて家に戻る。夕食の支度にかかろうとして冷蔵庫を開けると、ろくな物が入っていない。

丸一日、気が乗らない雑用に振り回され、見知らぬ人とつまらないことで言い合ったり、市電が混んでいたり、小銭入れをどこかに置き忘れてしまったりして、くたびれている。

それにもう日が落ちて、寒い。

今から身支度をし直してまで、外で食事をする気になれない。しかし店屋物はピッツァだけで、窓から見えている店に注文しても、届く頃にはすっかり冷えきっていることが多い。

ベランダに出る。野菜を取りに来たのである。うちにベランダ菜園などはなく、冬のミラノでは冷蔵庫よりベランダに出しておくほうが日持ちがするので、野菜を外に置いてあるのだ。ジャガイモやニンジンといった根菜があり、ざく切りにしてスープを作った。出かけることなく、冷えたピッツァを取ることもなく、無事に温かい夕食を済ませることができた。

諸事に急《せ》かされた、ここ数日だった。花の一本もない殺風景な室内で、冬の夜がいっそう長く寒々しく感じられる。

調理に使った野菜の切り屑からニンジンの頭を拾い、切り口を下にして小皿に載せた。水を張ってやり、窓際にその皿を置き就寝した。

あくる日からまた数日、慌ただしい毎日を過ごし、ふと窓の外に目を向けたとき窓際のニンジンが目に入った。あの夜そこへ置いたまま、すっかり忘れていた。それなのにニンジンは、頭から青々とした美しい葉を伸ばしている。たった数日の間に、柔らかで小さな葉を気持ちよさそうに伸ばしている。屑として捨てられるところを救ってもらった、礼の代わりなのだろうか。

ニンジンが、小春日和を家の中へ連れてきた。

ざわついた毎日を送る無粋さを、ニンジンにたしなめられたように思った。

最初の一歩

一昨日は曇りで、昨日は雨だった。

もう何日も太陽なしの朝である。

霧雨の降る早朝、レインコートに帽子で、公園へ犬を連れて行く。傘をさすといっそう視界が狭まって、目に入るのは濡れた路面ばかりになるからである。

広場を渡ると、美しい教会がある。主な行事では、大聖堂と連動して儀式がとり行われる。教会前に手入れの行き届いた庭がある。芝が植わり、中央には季節ごとに色とりどりの花が咲く。花の下には小さなプレートがあり、店や人の名前が記されている。庭園の手入れの費用を寄付した信者達である。

教会の脇には、車両通行禁止の遊歩道がある。その道沿いに行くと、公園がある。道沿いには、数世紀前の建物が数棟並んでいる。煉瓦《れんが》造りの低層建築で、こぢんまりした教会とよく調和して、静かで歴史ある気配が漂っている。

背後の広場には、七、八本もの大通りが交差している。混雑と喧騒そのものの広場を越えるとすぐそこに、厳かな小道と古い建物、教会、時計台が並んでいて、対照的だ。

毎朝、広場を渡ってまた戻るたびに、二つの世界を往来する気分である。傘をさしてこうした外の様子をよく見られないのは、舞台を見逃すようなものだ。

薄い霧のなかを歩く。頬に冷たく細かな水滴が付く。遊歩道の左に教会を、右に古い建物を見ながら行く。ほとんどの葉を落として、木々は裸で立ち尽くしている。茶色や灰色がちな風景のなかに、色とりどりの一角が見える。遊歩道の入り口にある、古い靴店のショーウインドウだと気付く。最新流行の商品があるわけではない。むしろ時代に取り残されてしまったような靴が、平台に並んでいる。

紅色やカラシ色、ナス色に墨黒、オリーブの緑やくぐもった青といった得も言われぬ色合いで並ぶのは、ビロード製の室内履きである。

花びらのように見えるのは、その靴が子供用だからだ。大人の手の平に載せてまだ余るような、小さな靴である。

「何世紀も昔から変わらず、職人達が手縫いで作っているのです」

店と同様に、地味だが底光りするような品格のある店主が言う。

ビロードは薄くて羽のように軽く、しかし靴底はしっかりとしている。

最初の一歩を見守ります、と小さな白い靴が一歩前に出て宣言するように見えた。

クリスマスを前に厳かな通りで、初々しい物と出会う。横で教会がそれを見ている。

小春日和の日に、思い出す情景がある。

冬の足音

ある冬、ヴェネツィアへ行ったときのことである。

珍しく青空で、暖かな日だった。

観光客でごった返す駅や広場、大運河から少し奥へ入ると、町はがらりと表情を変える。

行き先を決めずに、水路なりに歩く。小さな橋をいくつも渡り、建物の隙間に入り込むようにして歩くうちに、水に町を案内されている気分になった。

建物と建物が接近しているところでは、水路には一日じゅう日が差さない。水に浸かる建物の裾は、水苔で緑に染まっている。暗くて細い水の通り道は、水さえもじっとそこに潜んでこちらを窺っているように見える。

　時おりその細い水路を、小さなモーターボートが行く。船から出る波で水路や建物が傷まないように、ごく低速で進む。船が通り過ぎしばらくしてから、水路際で小さい波が立っている。

　湿った石の匂いがし、濁ったたまり水の臭いが時おり流れていく。

　自分の靴音と、どこかから漏れてくる、皿の触れ合う音や遠い話し声が聞こえる。車の通らないこの町には、他では聞こえない音がある。

　細くて薄暗い、猫の行くような路地に飽きて、小さな橋の手前を曲がると突然、小さな広場に出た。

　新聞を売るスタンドがあり、客の来ない洋品店の前で店主らしき中年の女性が、ドアの前に椅子を出して冬の弱い日を浴びている。隣には食品店があり、店の前にいくつかのテーブルを出している。

　新聞を買い、コーヒーを頼んで、外のテーブルに着く。広場と呼ぶには小さ過ぎるその場所は、界隈に住む人の集合場所のようになっているらしい。出会っては立ち止まり、少し話を交わして、再びそれぞれの小道を行く。いくつもの水路が出合っては交じり、別々の方向へ流れていくようである。

ぼんやり人と水の流れを見ていると、柔らかな日差しを受けて、こちらに向かって老夫婦が歩いてくる。

妻は足が悪く、半歩ずつ歩いている。夫の腕にしっかりとつかまっている。夫婦は、仕立てのよい、しかしかなり年季の入ったオーバーコートを着て、帽子を被っている。型違いだが、揃いのように見える。性別も体付きも違うのに、夫婦は二人で一人、という印象である。

日の差すほうに向かって、ゆっくりと歩いていく二人を見送った。

冬に晴れた日があると、スローモーションのようなあの日の情景を思い出す。

石に秘める気持ち

初雪が降って、あとはクリスマスを待つだけとなった。

厳しい経済事情を抱えるイタリアで、例年に比べるとイルミネーションは控えめである。運河も城門も、夜の闇にひっそりと沈んでいる。

週末、薄く雪の残る町を散歩する。

十二月七日はミラノの守護聖人の祝典で、この日を境に商店は日曜も開業してクリスマスを迎える。郊外からは、贈り物や祝宴のための買い出しに大勢の人がミラノにやってくる。

珍しいもの、新しいもの、と皆、贈り物探しに躍起になっているが、そんななか、昔から変わらず同じものを売る店がある。

店主は女性で、クリスティーナという。

毎朝うちの前の広場や公園を、颯爽《さっそう》と自転車で走り抜けていく女性がいる。何度か行き合ううちに、会釈を交わすようになった。

「一度、遊びに来ませんか」

教えられた住所を訪ねていくと、そこは宝飾店だった。


大聖堂のある広場から徒歩圏にあるその店は、ごく小さな間口でうっかりすると通り過ぎてしまう。

ガラス戸の両脇に、小さなショーウインドウがある。あまり飾り気もないのに温かな様子なのは、ケースの中身の雰囲気によるのだろう。

イヤリングやネックレスが、並んでいる。さまざまな形と色の宝石には、気取った様子がない。石の持つ深い色が鎖の金やクリップの銀に映えて、奥行きの深い光を放っている。

客が二人も入るともういっぱいになるような、店内である。奥の壁に、小さく四角に彫り貫かれているところがあり、陶製の天使が飾ってある。天使は羽を広げて金の鎖のペンダントを持っている。

「代々、貴金属の細工師でした」

クリスティーナが、自分の手を愛おしむように見ながら言った。

小さな店の歴史は、そのまま彼女の家族の歴史でもある。

幼い頃からクリスティーナは、祖父や父親が時計や宝飾品を作るのを見て育ち、いよいよ自分に店が任されることになったとき、

「脈々と続く家族の伝統とつながれるものを創ろう」

と決めた。

新しいものを次々と創るだけではなく、先代からのものを未来に残したい、と思ったのである。

祖母から母親へ、母親から娘へと受け継がれる宝飾品がある。異なる時代に生きた女性達の想いが、そういう宝飾品に内包されている。店内にはあちこちに引き出しがあり、新旧取り混ぜてたくさんの宝石や鎖、クリップが入っている。

引き出しの中で、ミラノのさまざまな家族の思い出を秘めた宝石が、静かに出番を待っている。

クリスティーナは宝石にこもる声を聴き、丹念に磨く。すると、くぐ

もっていた石はみるみる生気をみなぎらせて光り、その宝石を持ち込んだ孫娘の胸元を飾る。

形にならないものを創る職人もいる。

クリスマスは、家族が一堂に会する祝典である。

色とりどりの毎日

クリスマスが過ぎ、町は静まり返っている。山へスキーに行く人あり、南洋へ遠出する人もあり。不景気とはいえ、大晦日と元日を旅先で迎える人は相変わらず多いらしい。大雨が降っても、厳しい太陽が照り付ける日も、広場の一角で一日も休まず働く中国人の夫婦の姿も、この数日は見かけない。

公共市場の青果店の店主は屋外にある店先に立ち、人待ち顔で寒さしのぎに足踏みをしている。マフラーと帽子に顔は隠れ、目だけが見えている。保存の利く根菜類や木の実が主流で、店は遠目に茶色をしている。

軒先に吊るした鷹の爪の赤い色だけが、灯りのように映えている。

冷えきったので市場の帰りがけに暖を取ろうとバールに入ると、近所に住む友人が通りかかり、立ち話をする。クリスマスで帰郷していたシチリアからミラノに戻ってきたところだという。

「もぎたてのオレンジを持って帰ってきたので、あとで届けるから」

と、誇らしげに言った。

寒々とした色のミラノに、真っ赤なシチリアのオレンジの実を想う。

並んでコーヒーを飲んでいた見知らぬ中年の男性が、

「オレンジの薄皮も丁寧にむき、薄切りにしたウイキョウと松の実を合わせてオリーブオイルと塩で和えると、春の味がしますよ」

強いシチリア訛で教えてくれる。

今晩から雪模様という重く暗い空なのに、すぐそばまで春が来ている。

過ぎ去っていく春夏秋冬のさまざまを振り返り、これから会う新しい季節に希望を馳せる。

旧年がそうだったように、新年も変化に富んだ彩り美しい毎日になりますように。

一度きりの観賞

早朝の海辺を歩く。

まだ日の出前の暗い通りに、人はいない。開いているのは、ガソリンスタンドくらいである。売店で焼きたてのクロワッサンとオレンジジュースを買い、海岸通りのベンチに座る。

約束の相手を待つためである。

海からの風は冷たいが甘い香りがするように思うのは、紙袋の中から立ち上るクロワッサンの匂いのせいだろうか。袋越しのわずかな温もりを楽しみながら、待ち合わせ相手が現れるのを待つ。

海沿いにジョギングをする人達が、前を走り抜けていく。犬の散歩も、冬は早足である。

海沿いの道は何キロも続いていて、見渡す限り空と海ばかりである。見上げると、黒々としていた空は薄い灰色になっている。

そう思う間もなく、遠く水平線が薄い黄色の一本の線になった。黄色の線は徐々に濃く染まって、やがてオレンジ色の帯へと変わった。するとそれまで、灰色一色だった空がまだらに割れ始め、天を埋め尽くすように雲が姿を現した。雲間から、金色の光がまっすぐに海面に差し込んでいる。太陽は昇る瞬間の姿を雲の向こうに隠し、少し上空に昇ってから海と空をいっぺんに照らし始めた。

ごく数分間のでき事だった。

鈍色《にびいろ》の冬の雲は表面だけを明るく光らせ、海はきらめく雲を下から見上げている。波もない。

静寂のなか、日を受けて空は刻々と色を変えていく。それは、太陽が空いっぱいに絵を描いて見せている光景だった。

寒いなかベンチに座って、日の出を待っていたかいがあった。

まさかの収穫

冬と春のあいだのある日、イタリアとフランスの境の海にいた。土曜日で、日が昇ったばかりの時間帯。海岸には、数人がいるだけだ。釣り人達である。

犬と砂浜に座って、釣りの様子を見る。海釣りというのは、舟を出したり突堤の先で糸を垂れるものだとばかり思っていた。ところがここにいる釣り人達は、そのどちらでもない。浜にやってくるなり釣り竿を片手に波打ち際に立ち、海面を凝視している。やがて空から石が落ちてくるように、急降下でカモメが海へ飛び込んでくる。

一瞬のことである。カモメは頭を水面下に潜らせるとすぐ、下りてきたときと同じ速さで再び空へ戻っていく。海面に近いところを泳ぐ小魚なる。

を狙い、ついばんでいるのだ。一羽が海に飛び込むと、他の数羽も続き、あっという間に魚が群れている上空に、多くのカモメが旋回するようになる。

波打ち際で釣り人達は、どこへカモメが急降下していくのかを見ている。最初のカモメが魚を捕ると、離れたところにいた数人の釣り人達がこぞって全速力で駆け寄ってくる。次にカモメが飛び込みそうなあたりを目がけて、打ち寄せる波で足もとを濡らしながら思い切り竿を振る。釣り針が海の中に入る瞬時が、勝負らしい。餌が海に入るや、釣り人達は大急ぎで糸を巻き上げる。獲物なしで糸をたぐり寄せる様子をあざ笑うように、カモメは遠くの漁場へと飛び去っていってしまう。釣り人達は諦めずに、再びカモメを追いかけて懸命に走るのだった。

皆がカモメに翻弄されて右往左往しているなか、一人の老人が悠々と餌を付け、竿を大きく振りあげている。

しばらくじっと待っていた老人は、やがてリールを忙しなく回したりいったん止めたりしながら、釣り糸を巻き上げ始めた。竿の先は弓のように曲がって、獲物はかなりの大物らしい。最後にぐいと大きく竿を引き上げると、その先に桃色をした三キロはあろうかという大きなタコがかかっていた。

朝の浜は、騒然となった。老人も驚いているが、釣られたタコはもっと驚いているに違いない。

手元でうねるタコをしばらく見たあと、老人はバケツに獲物を入れて、何ごともなかったような顔で浜を引き上げて行った。

第二日曜日の音

厳しい寒さのなか、時おり中休みのように暖かな日がある。柔らかな日差しに誘われて、町に出る。

毎月、第二日曜日に、ミラノの中心にあるディアツ広場に古書市が立つ。ぶらぶら歩いて、露店を巡る。平日は通勤人や観光客で混雑する通りに、ずらりと露店が並んでいる。プロの書店主もいるのだろうが、大半はごく一般の人々が自宅から本を持ってきて、路上で好きに売っている様子である。自家用車を歩道のそばに停めて、ハッチを上げてそこにずらりと古本を並べている人もいる。

稀な本や豪華な古書を揃えているところは、見当たらない。二、三十年前の本が主らしい。廃刊になった月刊誌や地方紙のバックナンバーがあるかと思うと、古い絵はがきやクリスマスカードも見える。切手が貼られて、丁寧な書体で時節の挨拶が書かれている。

ふと横を見ると、高名な記号学者が熱心に雑誌の山を見ている。出展者とは顔見知りらしい。研究しているテーマの出物があると、学者のために代わりにその店の主が取り寄せたりしているようだ。

学生も多い。ファッションの勉強でミラノに滞在中らしい外国人学生が、『ヴォーグ』のイタリア版のバックナンバーを大切そうに抱えている。雑誌の背表紙はすり切れてしまい、表紙もずいぶんと色あせているものの、その古びた様子がまたいっそうイタリアのファッションの歴史を背負っているようだ。舞台から引退した名女優を見るようである。

交通が遮断されていて、青空市場といえども露天商が客を呼び込む声などなく、古書市には音がない。ときどき聞こえてくるのは、本好きが発する深い賞讃のため息と、思いもかけない本に出会った小さな喜びのつぶやきくらいである。

ページを繰る静かな音を耳にしながら、いつもと違うミラノを楽しむ。

たちうちできない味

ミラノのティチネーゼ門から外側は、かつて少々危うい一帯だった。城壁の外であり、運河の船着き場があり、よいものも悪いものも、ここから出てここへ到着した。人や物、情報の往来が活発であれば、斬新なアイデアも生まれ、また逆しまな気持ちもはびこったのだろう。すっかり開《ひら》けた現在でも、近隣との交流は頻繁で濃く、気取ったミラノにあって唯一、人間らしさにあふれた界隈だ。

一帯には、最新流行の店舗が立ち並ぶ。どこより早くここでミラノの新しい顔が生まれて、あっという間に消えていく。その俊足に付いていこうと、各業界がこぞってアンテナの役割を担う拠点をここに持つ。いつ頃からか、詩人や小説家、新聞記者、カメラマン、デザイナーや画家、役者といった自由業の人達が集まり住むようになった。

町の中央にありながら郊外への入り口でもあり、華やかさと隣り合わせに場末特有の頽廃《たいはい》的な空気がある。多くの非日常的な出会いがある。そういう雰囲気に惹かれて、創作活動をする人達が集まるのかもしれない。

勤め先を持たない職種のプロ達は、時間や人間関係を独創的に紡ぐ職人でもある。

運河沿いの集合住宅に入り、その中庭を通り抜けると、奥にはまた別の集合住宅がある。次々とつながる、町の中の小さな町がこの界隈にはある。喧騒を表通りに残し、建物をくぐり抜けて進む先で、時空を超えたもうひとつのミラノと出会う。

かれこれ二十年近くも前から、昼食に立ち寄る店がある。

裏通りにある目立たない入り口で、店に通うようになってから一度も改築や修理を見たことがなく、時が止まったかのようにそのままの佇まいで建っている。

店内には、赤白のギンガムチェックのテーブルクロスを掛けた小卓が並んでいる。壁には、芝居のポスターやら広告やらが所狭しと貼ってある。日替わりのメニューは、ミラノの家庭料理ばかりである。どの料理も昼には重過ぎるが、懐かしい味には抗しがたい魅力がある。

正午になると、店内では塗装工や建具師達がボリュームのある昼食を黙々と食べていて、入れ替わりに銀行員や近所の店員、画家や作家達の姿が見えるかと思えば、よく知られたモデルを連れた著名なデザイナーもいる。

女一人で食事なんて、と臆することはない。テーブルは別でもごく接近していて、相席で食事をしているようなものだからである。

どこそこの赤が、いや白が、といちいちワインのウンチクを講釈する野暮な人など、この店にはいない。

最新モードの装いの中年女性が、

「赤をください」

田舎の食堂でそうするように、ごく当たり前に注文している。

小さな食堂は連日、満席である。

料理もさることながら、ここには他で味わえないミラノがあるからだろう。

昼食と画家と仮面

二月に入ると突然、空が澄み渡り、春が来た。空の向こうの端には、雪を戴いたアルプスが見える。青い空の裾を銀色に縁取って、ミラノが額装されたようである。

散歩に出て、そのまま帰宅するのが惜しく、昼食に近所の食堂へ寄った。

日替わりの定食のミネストローネを待っていると、三々五々客が訪れ、店内はあっという間に満席になった。互いの身上は知らないが、皆、店でよく会う顔ばかりなので、自宅で食事するような気安さがある。

「相席よろしいですか」

後ろから声をかけられ、振り返るとグイドが笑って立っていた。近所に住む旧友である。

　そのうち他にも知人が数人やってきて、久しぶりに会う人達と食卓を囲んだ。食堂での偶然の昼食は、誰に気兼ねもなく気楽でいい。今日の青空のような爽快な気分になる。

　帰り道の途中、グイドの仕事場へ寄った。

　その昔、教会だった建物を改築して、大勢の仲間と共同で使っている。実習中の大学生から、中堅のイラストレーター、ベテランの建築家やエンジニアと、その顔ぶれは多彩である。多様な仕事が混在して、カオスから生まれる躍動感でいっぱいだ。

　仕事場を仕切るボスはなく、同じ屋根の下、皆がそれぞれの仕事を思うままに行っている。

　グイドは画家であり彫刻家であり、グラフィックデザイナーである。あまり話さない。じっと見ている。その様子は穏やかな草食動物のようでもあり、大洋から目だけを出して海面を見渡す鯨のようでもある。

　彼の作品を見るには、書店に入るといい。平台に並ぶ表紙は、イタリアのブックデザインの歴史に残る彼の作品群なのである。

帰り際にグイドは、黙って版画を一枚差し出した。
目のところだけに穴が開いた仮面を着けた女の絵である。
今週は、ミラノのカーニバルなのだった。

熟成四十四年の味わい

ミラノの下町に住んでいる。

古くて少々野暮ったいような、日常の繰り返しがあるだけの一帯だったが、最新流行が取り柄となったミラノでは、かえってその平凡な暮らしぶりが人々の気を引いたのかもしれない。懐かしい気配を探して、内外から人が集まる場所になった。

次々と店が現れては消えていくのは、この界隈での商いが容易《たやす》くないからだろう。地区の住民よりも市外からの訪問者が増え、若者が多い。好奇心旺盛だが財布は薄く、気紛れである。

店の名前も外見も変わっていないのに、しばらくぶりに訪ねてみると、店主が変わっていることがある。こんなはずではなかった、と鼻白む。

大勢で食卓を囲みたい日があれば、一人でいたいこともある。テレビが相手の食事ではさみしいときは、どこへ行こうか。

「いつものお席をご用意してあります」

振りで入ったのにもかかわらず、フランキーノは丁寧にお辞儀をしながら、私を奥へと招く。

一番奥の窓際で、背後にはワイン棚があり、そこに座ると店内が見渡せる。後から入ってくる客の着席する様子が見え、順々に空席が埋まっていくうちに、一人で食事をしていることを忘れる。そういう特等席なのである。

フランキーノは、南部のカラブリアから十四歳のときにミラノに出てきて以来、四十四年間ずっと給仕をしてきた。

もう長らくの顔馴染みだが、彼は一度も敬語を崩したことがない。糊の利いた襟付きの白シャツに黒いネクタイ、黒いズボン、グリーンのエプロンで見繕いし、こちらが何か言うまでは一歩下がって、静かに待っている。

毎回メニューを渡されるが、品目は増えもせず減りもしない。

迷うふりをして、結局いつも同じものを頼む。

フランキーノに注文を告げると、

「かしこまりました」

初めて私が店に来たときと同じように恭しく言い、下がる。

四十四年間、給仕という仕事を極めたフランキーノが、この店の何よりの味わいなのである。運河の気配が変わっても、調理人が入れ替わっても、粛々と毎日変わらず給仕する。

運河の船着き場前にあるその食堂の前を通るたびに、港口を照らす灯台を思う。新参の店主達が舵取りしやすいように、他所からやってくる客達が迷わないように、足もとを照らしてやっているように見える。

三月に会える友達

〈ライオンのなりをして入っていったのに、子羊になって出ていった〉

三月のことをイタリアでそう言う。

毎日、気温の上下が激しくて、油断も隙もない。しかし日差しはすでに明るく、冬のあいだ黒い線画のようだった街路樹の枝先がやや膨らみ、ぼんやりと霞んで見える。ほどなく芽が出るのだろう。

木々の茶色の濃淡に気付く頃、公園に人気者が現れる。

一本の古い木である。

十三年前、公園は大規模に再整備され、そのとき多数の古い木の代わりに新しい苗木が植えられた。その木は、残された古い木のうちの一本である。

あるとき大風が吹き、翌日、木は地に這いつくばるような恰好で倒れていた。おおかたの枝が折れ、専門家は手を尽くしたもののいかにも弱々しく、きっとそのまま枯れてしまうだろう、と皆が思った。

その年は、芽も葉も出なかった。幹と裸の枝は斜めになったまま動かない。遠くから見ると、木が気を失い倒れているように見えた。

嵐から二年目の三月に枝先が丸くなり、あれよあれよという間に柔らかな葉が出て、斜めになったまま木は蘇った。やがて濃い桃色の花も咲き、ふだん植物に関心のない人達でさえ、公園を通るときにその木の前でわざわざ立ち止まり、枝をながめては、

「すごいなあ」

と、感心した。

昨日は雨だったが、今日は晴れている。気温はみるみる上がって、十五、六度にもなった。小学校の下校時間になると、母親や祖父母に連れられて子供達がいっせいに公園へやってくる。目当ては、斜めの木である。

地面と木の間にできた隙間を腹這いで潜り抜けたかと思うと、そのま

ま幹にしがみ付き、猿のように斜めの木を伝い登りする。大人は気が気ではない。子供が木から落ちるのを心配するより、斜めになった木が子供達の重みで折れてしまわないかを気にしているのである。木は何人もの子供を幹にぶら下げて、片肘を地面に突くようにして寝転がっている。

いつのまにか子供達は、木にぶら下がるのは一度に三人まで、と決まりを作っている。木登りの順番を待つ子達のなかには、幼稚園児もいる。幼く手足が短過ぎるので、木に近づいて幹に抱き付くのが精一杯だ。仲のよい友達に会ったかのように、全身の力を込めて木に抱き付いて、目をつぶっている。

体格のよい年長の少年は、幹から上の枝のほうまで登っていくつもりだったのに、自分の体軀《たいく》と斜めの幹を見比べて思案気な顔をして、幹に馬乗りになるだけで満足して木から降りてしまう。

公園には、いろいろな種類の木が植わっている。木の数だけ枝振りがあり、葉の繁り方がある。それぞれが思い思いの恰好で、空に枝を伸ばしている。寝転がる木があっても、誰も文句を言わない。

引き出しの中のイタリア
――あとがきに代えて

早朝、犬と散歩に出る。運河に沿って広場を抜け、教会を見ながら公園へ行くのが日課である。

町には、まだ人が少ない。前夜の享楽の名残で、割れたビール瓶の破片が路上に飛び散っている。その片隅で、毛布にくるまって眠っている人がいる。ホームレスのこともあれば、朝まで騒いでそのまま野宿した若者だったりする。

近所のバールの店主は、店を閉める前に赤ワインの大瓶を持ち、界隈を歩いて回る。宿無し達が凍死しないよう、一杯、振る舞うためである。

早番の警官と、その店主のバールでコーヒーを飲む。警官は、店主と軽口を叩いている。店主は雑談をしながら実は、昨晩から今朝の報告を巧みに織り交ぜて話している。

警官と入れ替わるように、公園脇の教会から神父が信者達を伴ってバールに入ってくる。早朝のミサを終えて、ひと息吐いたのだろう。店内に黒く長い聖衣の裾が翻り、朝一番のお祓《はら》いを受けるようである。

大通りのパン屋から、バールで午前中に使うパンやフォカッチャが届けられる。青果店からは、箱入りのトマトやサラダ菜、オレンジが運び込まれる。

焼きたてのパンの匂い。新聞をめくる音。砂糖をかき混ぜるコーヒーカップから立ち上る湯気。通勤前に立ち寄る人達の忙しない足音。市電が警鈴を鳴らす。

公園へ続く道には、梅やモクレン、イチョウがある。つぼみが出る頃かと、枝先を見上げると、建物や塀に切り取られた朝の空がある。

出勤前の父親に手を引かれて、泣きべそをかきながら学校へ行く途中の子供がいる。

店の前を掃いている靴屋の主人が、ぐずる子に声をかける。

こぢんまりしたショーウインドウには、季節ごとに流行色を取り揃えた靴が並ぶ。
新聞や雑誌をかご一杯に入れて、キオスクの店員が自転車で脇を走り抜けていく。公園の道は、配達先のバールや美容院への近道なのだ。犬の速度で見るミラノは、小走りで通り抜ける景色とは違っている。立ち止まって見る町には、いろいろな音があり、色と匂いがある。

長いあいだ、朝起きると新しいニュースの素を探し、先を競って伝えるような毎日を送ってきた。イタリアが起きると日本が眠り、日本が目覚めるとイタリアが寝付く。時差とニュースに挟まれながら、駆け足で日常を追いかけ、後方に放り置いてきたものを気にする余裕などなかった。

時事報道から離れて、歩く速度に生活が変わると、今まで知らなかった町の様子が迫ってきた。置き忘れてきた景色は、ごく身の回りにあった。
身近な情景こそ消えることのないニュースなのだ、と知った。

時節とともに、町と人と自分も移り変わっていく。場面を取りこぼさないように、ひとつずつ拾って歩く。集めてきたものを、引き出しに大切に保管する。ときどき出して、そっと眺めてみる。するとバラバラに入れたはずの無関係の断片がつながり、拾ったときには気付かなかったことが突然、明らかになったりする。それは、大事にしまっておいた思い出がいっせいに息を吹き返し、共演する舞台を見るような瞬間なのである。

二〇一三年五月　ミラノにて

内田洋子

文庫版あとがき

「『イタリアの引き出し』ではなくて、『引き出しの中のイタリア』のほうが合っているのではないでしょうか？」

連載を始めたとき、ある編集者からタイトルについてそう指摘された。日々出会う人や風景、物音や色、指や舌先に残るイタリアの断片を切り抜いて放り込んでおく。メモは付けず、整理もしない。ときどき無作為に一片をつまみ出してみる。ずっとそういう引き出しを大切にしてきた。空想の中に。

文字にすると印象をひとつにきめつけてしまうようで、日記も雑記も書かず、代わりにインスタント写真で撮ってきた。いくつものイタリアの瞬時が、溜まっている。強烈な瞬間だったあのイタリアも、もはや遠い昔の思い出のひとつとなってしまい記憶もおぼつかない。

何年も経った今、自分の書いたものを読み返す。その時には見えなかったあの眼差しや、含み笑い、風に飛ばされた枯葉が路面を掠《かす》める音、バールに入ったとたんに曇るメガネのレンズが、目の前に浮かび上がってくる。
次々と開く扉を通り抜け、さらに奥へと進む。引き出しに収まりきらないイタリアに会いにいく。

二〇二〇年八月

内田洋子

◆ Special Thanks to;

夢を作る兄弟	— Famiglia Marsan
楽譜を焼く名人	— 〈Pane D'Arci〉
教授の手土産	— Marco Imperadori
旧いミラノに会いに行く	— Giuseppina Maderna
分身に会うために	— Enzo Contini, Vincenzo Coronati, Philip Carter
春草の味	— Antonio Nieddu
食べたいものを言ってごらん	— Enzo Callegari
キオスクは知っている	— Elvira Nulli, Marco Suardi
サルデーニャのパスタ	— Tanda N.& Spada A.S.n.c.
だから美味しい	— Stefano Albini 〈Il Negozietto del Gelato〉
留守番とイチジク	— Mario Ghinato
モンテ・ナポレオーネ通りの裏を行く	— 〈Maison Sibulet〉
創る町、ミラノ	— 〈Percorsi Tessili〉
石に秘める気持ち	— Cristina Malvisini
たちうちできない味	— 〈Trattoria Madonnina〉
昼食と画家と仮面	— Guido Scarabottolo
熟成四十四年の味わい	— Francesco Scordia 〈Trattoria Milanese〉

解説

佐久間文子

本書の著者内田洋子さんは、イタリアを拠点に長く活動を続けてきたジャーナリストであり、作家である。

二〇一九年に、内田さんはウンベルト・アニエッリ記念ジャーナリスト賞という賞を受賞している。イタリアの著名な財界人の名を冠したこの賞は、日本とイタリア両国間の相互知識や情報をより深めることに貢献したジャーナリストに贈られるもので、主催者の財団のホームページで過去の受賞者を見ると、新聞やテレビに属している人が多い。

一般的に、組織に属しているジャーナリストは、あまり長くひとつの土地にはいられない。数年ごとに人事異動があり、違う任地に行ったり、自分の国に戻ったりせざるをえないのがふつうだ。

個人の立場で三十年以上、ジャーナリストとして活動してきた内田さんのイタリア歴は圧倒的に長い。時にはバンの中にベッドを積んでイタリア国内を移動したり、はたまたいきなりヨットを買って船上生活を経験したりしながら（内田さんの近著『サルディーニャの蜜蜂』を参照のこと）、長い年月をイタリアで過ごしてきた。本書『イタリアの引き出し』におさめられた人々の暮らしぶりの多様さに目を見張らされるが、それはそのまま、イタリアに根を下ろして取材してきた内田さんが、いかに広い視野を持ち、長きにわたって人々の声に耳を傾けてきたか、ということの証でもある。

ミラノを拠点に、通信社ウーノ・アソシエイツを主宰する内田さんだが、私たち日本の読者がその名前を知ったのは、めまぐるしく動くニュースに対応して日本のメディアに売り込む通信社の仕事ではなく、ジャーナリズムから少し距離を置いて、これまで暮らしてきたイタリアの、自分の身の回りの人に目を向け、彼らのかけがえのない物語をつむぐ、エッセイの仕事を通してだった。

本作の「あとがきに代えて」の中で、内田さんはこう書いている。

時事報道から離れて、歩く速度に生活が変わると、今まで知らなかった町の様子が迫ってきた。置き忘れてきた景色は、ごく身の回りにあった。

身近な情景こそ消えることのないニュースなのだ、と知った。

この一節を読んで、私は、かつて自分が日本の新聞社で記者として働いてきたとき、取材でお会いした哲学者の鶴見俊輔さんの言葉を思い出した。取材が一段落したあと、鶴見さんは、「あなたは大きな時計を持っていますか？」と、こちらを睨むように大きく目を開いて問いかけたのだった。

ジャーナリストは、毎日のニュースを処理することに追われて、時間の流れを見失ってしまう。目まぐるしい日常の中で、くるくるせわしなく時を刻んでいる時計だけでなく、ひと回り大きな時間の流れを意識するようにしなさい。必ずしも守れたとは言えないけれど、以後、鶴見さんの言葉はずっと自分の中にある。内田さんの「イタリアの引き出し」

は、鶴見さんの言う「大きな時計」にあたるものだと私には思えた。日々、起きるニュースに対応し、スピードが勝負の日々の中でも、内田さんの「イタリアの引き出し」には、さまざまな大切な記憶が少しずつおさめられていったのだろう。たまに引き出しを開けて中のものを取りだし、ためつすがめつしたのち、そっと閉じる。そうしたことをくり返しながら、ワインやチーズが発酵し熟成するように、しかるべき時間が経過したのちにつづられた普段着のイタリアについての小さな物語は、マスメディアが伝える表層からはうかがいしれない、この国のさまざまな貌を伝えている。一人ひとりが生きてきた確かな歴史の断片がこうして集められると、複雑で魅力的でありのままのイタリアの姿が、再構成されるのである。

一つひとつのエッセイは短いが、一篇の中にはっとさせられる瞬間がある。

「植木市で花を買っているつもりで、実は花にこちらが選ばれている」（「花の声」）、「（大きなタコを釣り上げた）老人も驚いているが、釣られたタコはもっと驚いているに違いない」(「まさかの収穫」)

視点が鮮やかに切り替わる。ジャーナリストから作家へと、まなざしの主体が変化しているようにも見える。

もうひとつ、この本を読んでいて印象深いのは、内田さんが非常にすぐれた聞き手であるということだ。

そう思う理由は、パン職人や牧童といった、雄弁に自分を語る言葉を持たない人とのあいだで長きにわたって信頼関係を築き、彼らの、珠玉と言いたくなる言葉を引き出していることにある。

「楽譜を焼く名人に会いに来ないか」(「楽譜を焼く名人」)などといった誘いが、まるで探偵小説の導入の謎のようにたびたび持ち込まれるのも、誰もが内田さんにこの話を聞かせたい、面白がってもらいたいと思うからだろう。

エッセイに登場する人物は老若男女まんべんなく、下は五歳から上は八十代まで、あらゆる世代の人と言葉をかわしている。よほど、この人ならば話してもいいと思わせるなにかが備わっているに違いない。もしかしたら、彼女なら、黙っていても大丈夫だというぐらいの強烈な安心感があるのかもしれない。

開かれた窓のような人柄のせいなのか、内田さんはしょっちゅうふしぎな頼みごとをされている。見知らぬ老女から一緒に横断歩道を渡ってほしいと言われたり、近所に住む五歳の子の面倒を見てくれと頼まれたり。中学生から写真撮影とプリントを頼まれたりもしている。

本書が書かれたのは今から少し前、二〇一二年前後で、イタリアはすでに「経済も政治も未曽有の危機に瀕している」とのことだが、それでもまだ、ミラノのような大都会で、このようにあたたかで気の置けない人間関係が成立しているのは、驚きでもあり、うらやましくもある。

内田さんにはまた偶然に出会う力も備わっているようだ。ジャーナリストとしても作家としても、これは得がたい能力なのである。

たとえば東京に行くため空港まで行く際、福島の原発事故を知っていてもたってもいられず、「僕の気持ちを日本まで運んでください」と言う元消防士が運転するタクシーに乗り合わせるのも偶然のなせるわざである。二〇二〇年夏、新型コロナウイルスの蔓延で、日本とイタリアの間も自由に行き来できる状態ではなくなっているけれども、この本の読者は、この運転手の男性が元気で暮らしていることを願わずにいられないはずだ。

ウンベルト・アニエッリ賞の受賞理由を読んでいて、モンテレッジォという村を舞台に書かれた内田さんの『モンテレッジォ　小さな村の旅する本屋の物語』について、「日本人作家とこの小さな村との間に生まれた強く深い絆は、モンテレッジォの子供たちが日本を知るきっかけともなった」と書かれていたのを見て、頬がゆるんだ。こちらが向こうを見るとき、向こうもまたこちらを見ているのだ。

「内田さんの引き出し」の奥は、実はとんでもなく深い。もしかしたら、日本とイタリアを結ぶ、魔法の通路なのかもしれない。

（さくま　あやこ／文芸ジャーナリスト）

イタリアの引《ひ》き出《だ》し　朝日文庫

2020年9月30日　第1刷発行
2024年1月30日　第2刷発行

著　者　内《うち》田《だ》洋《よう》子《こ》

発行者　宇都宮健太朗
発行所　朝日新聞出版
〒104-8011　東京都中央区築地5-3-2
電話　03-5541-8832（編集）
03-5540-7793（販売）

印刷製本　大日本印刷株式会社

ISBN978-4-02-262020-0

遠藤 周作著／鈴木 秀子監修
人生には何ひとつ無駄なものはない
人生・愛情・宗教・病気・生命・仕事などについて、約五〇冊の遠藤周作の作品の中から抜粋し編んだ珠玉のアンソロジー。

萩尾 望都
一瞬と永遠と
人生の意味、雪の情景、忘れ得ぬ編集者、手塚治虫ら様々な表現作品への思い――。独特の感性と深い思索に圧倒されるエッセイ集。《解説・穂村 弘》

よしもと ばなな
ごはんのことばかり100話とちょっと
ふつうの家庭料理がやっぱりいちばん！ 文庫判書き下ろし「おまけの1話」と料理レシピ付きのまるごと食エッセイ。

高橋 源一郎
非常時のことば
震災の後で
「3・11」以降、ことばはどう変わったのか？ 詩や小説、政治家の演説などからことばの本質に迫る、文章教室特別編。《解説・荻上チキ》

沢木 耕太郎
銀の森へ
『グリーンマイル』『メゾン・ド・ヒミコ』『父親たちの星条旗』などの映画評から始まるエッセイ集・前編。《解説・石飛徳樹》

沢木 耕太郎
銀の街から
『バベル』『ブラック・スワン』『風立ちぬ』などの映画評から始まるエッセイ集・後編。文庫版あとがきを収録する。

加藤　シゲアキ
できることならスティードで
大阪やキューバ、パリ紀行から、不登校についてや〝父〟との別れなど思索の旅まで、旅をテーマにした清々しいエッセイ集。《解説・朝吹真理子》

佐野　洋子
役にたたない日々
料理、麻雀、韓流ドラマ。老い、病、余命告知——。淡々かつ豪快な日々を綴った超痛快エッセイ。人生を巡る名言づくし！《解説・酒井順子》

木村　伊兵衛
僕とライカ
傑作選＋エッセイ
戦前戦後を通じ、多彩に活躍した巨匠・木村伊兵衛のエッセイ&写真集。土門拳、徳川夢声との対談など一八編を収録。《解説・金子隆一》

井上　ひさし
井上ひさしの日本語相談
源氏名って何？　下手な役者はなぜ「大根」？等、読者の日本語の疑問にことばの達人がユーモアを交えて答える。待望の復刊！《解説・飯間浩明》

東北学院大学震災の記録プロジェクト
金菱　清（ゼミナール）
私の夢まで、会いに来てくれた
3・11　亡き人とのそれから
東日本大震災で命を奪われた大切な人と夢で再会した——。こう語る遺族から東北の大学生が集めた「亡き人の夢」の証言集。《解説・島薗　進》

岸　惠子
私の人生　ア・ラ・カルト
人生を変えた文豪・川端康成との出会い、母親との確執、娘の独立、離婚後の淡い恋……。駆け抜けるように生きた波乱の半生を綴る、自伝エッセイ。

内田洋子の本

イタリア発イタリア着

イタリアに関わり40余年。留学した南部ナポリ、通信社の仕事を始めた北部ミラノ、リグリアの港町で出会った海の男たち、古びた船の上での生活……。南から北へ、都会で辺地で。時空を超えて回想する、静謐な紀行随筆集。解説・宮田珠己

朝日文庫